地心遊記

目川文化

目錄

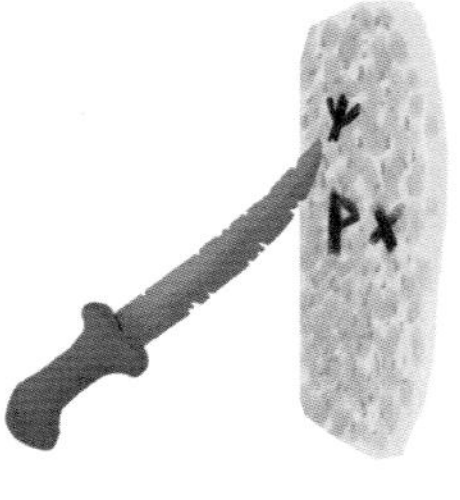

【推薦序】

陳欣希（臺灣讀寫教學研究學會理事長、曾任教育部國中小閱讀推動計畫協同主持人）

我們讀的故事，決定我們成為什麼樣的人！

經典，之所以成為經典，就是因為——其內容能受不同時空的讀者青睞，而且，無論重讀幾次都有新的體會！

兒童文學的經典，也不例外，甚至還多了個特點——適讀年齡：從小、到大、到老！

◇年少時，這些故事令人眼睛發亮，陪著主角面對問題、感受主角的喜怒哀樂……，漸漸地，有些「東西」留在心裡。

◇年長時，這些故事令人回味沈思，發現主角的處境竟與自己的際遇有些相似……，漸漸地，那些「東西」浮上心頭。

◇年老時，這些故事令人會心一笑，原來，那些「東西」或多或少已成為自己的一部分了。

是的，我們讀的故事，決定我們成為什麼樣的人。

擅長寫故事的作者，總是運用其文字讓我們讀者感受到「主角如何面對自己的處境、有何情緒反應、如何解決問題、擁有什麼樣的個性特質、如何與身邊的人互動……」。就這樣，在閱讀的過程中，我們會遇到喜歡的主角，漸漸形塑未來的自己；在閱讀的過程中，我們會感受不同時代、不同國家的文化，漸漸拓展寬廣的視野！

鼓勵孩子讀經典吧！這些故事能豐厚生命！若可，與孩子共讀經典，聊聊彼此的想法，不僅促進親子的情感、了解小孩的想法、也能讓自己攝取生命的養份！

倘若孩子還未喜愛上閱讀，可試試下面提供的小訣竅，幫助孩子親近這些經典名著！

【閱讀前】和小孩一起「看」書名、「猜」內容

以《頑童歷險記》一書為例！

先和小孩看「書名」，頑童、歷險、記，可知這本書記錄了頑童的歷險故事。接著，和小孩猜猜「頑童可能是什麼樣的人？可能經歷了什麼危險的事……」。然後，就放手讓小孩自行閱讀。

【閱讀後】和小孩一起「讀」片段、「聊」想法

挑選印象深刻的段落朗讀給彼此聽，和小孩聊聊——或是看這本書的心情、或是喜歡哪一個角色、或是覺得自己與哪個角色相似……。

陳安儀（親職專欄作家、「多元作文」和「媽媽 Play 親子聚會」創辦人）

在這麼多年教授閱讀寫作的歷程之中，經常有家長詢問我，該如何為孩子選一本好書？而我常常告訴家長：「如果你對童書或是兒少書籍真的不熟，不知道要給孩子推薦什麼書，沒有關係，選『經典名著』就對了！」

為什麼呢？道理很簡單。一部作品，要能夠歷經時間的汰選，數十年、甚至數百年後依舊能廣受歡迎、歷久不衰，證明這本著作一定有其吸引人的魅力，以及亙古流傳的核心價值，才能夠不畏國家民族的更替、不懼社會經濟的變遷，一代傳一代，不褪流行、不嫌過時，歷久彌新，長久流傳。

這些世界名著，大多有著個性鮮明的角色、精采的情節，以及無窮無盡的想像力，令人目不轉睛、百讀不厭。此外，**這類作品也不著痕跡的推崇良善的道德品格，讓讀者在不知不覺的閱讀經驗之中，潛移默化，從中學習分辨是非善惡、受到感動啟發。**

比如說《地心遊記》的作者凡爾納，他被譽為「科幻小說之父」，知名的作品有《海底兩萬里》、《環遊世界八十天》……等六十餘部。這本《地心遊記》廣受大人小孩的喜愛，一共被搬上銀幕八次之多！凡爾納的文筆幽默，且本身喜愛研究科學，因此他的《地心遊記》不但故事緊湊，冒險刺激，而且很多描述到現在來看，仍未過時，甚至有些發明還成真了呢！

又如兒童文學的代表作品《祕密花園》，或是馬克．吐溫的《頑童歷險記》，驕縱的女主角瑪麗和流浪兒哈克，以及調皮搗蛋的湯姆，雖然不屬於傳統乖乖牌的孩子，性格灑脫不羈，無法在課業表現、生活常規上受到家長老師的稱讚，但是除卻一些小奸小惡，在大節上他們卻是堅守正義、伸張公理的一方。而且比起一般孩子來，更加勇敢、獨立，富於冒險精神。這不正是我們的社會裡，一直欠缺卻又需要的英雄性格嗎？

還有像是《青鳥》，這個家喻戶曉的童話故事，藉由小兄妹與光明女神尋找幸福青鳥的過程，作者以隱喻的方式，將人世間的悲傷、快樂、死亡、誕生、……以各式各樣的想像國度呈現在眼前。最後，兄妹倆歷經千辛萬苦，才發現原來幸福的青鳥不必遠求，牠就在自己的家裡。這部作品雖是寫給孩子的童話，卻是成人看了才能深刻體悟內涵的作品，難怪到現在仍是世界舞台劇的熱門劇碼。

另外，現在雖已進入21世紀，然而隨著人類的科技進步，「大自然」的課題，重要性卻日益增加，不曾減低。這次這套【影響孩子一生的世界名著】裡，有四本跟大自然、動物有關的作品：《森林報》、《騎鵝旅行記》和《小鹿斑比》、《小戰馬》。這些作品早已經因為各式改編版的卡通而享譽國內外，然而，閱讀完整的文字作品，還是有完全不一樣的感動。尤其是我個人很喜歡《森林報》，對於森林中季節、花草樹木的描繪，讀來令人心曠神怡。

這套【影響孩子一生的世界名著】選集中，我認為比較特別的選集是《好兵帥克》和《史記》。前者是捷克著名的諷刺小說，小說深刻地揭露了戰爭的愚蠢與政治的醜惡，筆法詼諧逗趣；後者則是中國的古典歷史著作，收錄了許多含義深刻的歷史故事。這兩本著作非常適合大人與孩子共讀。

衷心盼望我們的孩子能**多閱讀世界名著，與世界文學接軌之餘，也能開闊心胸、增長智慧、陶冶品格，將來成為饒具世界觀的大人。**

謝隆欽（地球星期三EarthWED成長社群、國光高中地科老師）

遨遊無邊無際的燦爛星空，或是如同美人魚般潛返湛藍汪洋，相信是許多人小時候的幻想。但山崩地裂的地震災害、火山噴發的熾熱岩漿，想必是許多人對地球內部根深蒂固的印象，因而對我們腳下這片賴以生息的土地，望之卻步，或許少有人會夢想鑽入地底，探求地底下的奧秘。

曾經於1870年出版過《海底兩萬哩》（Vingt mille lieues sous les mers），以及1873年《環遊世界八十天》（Le tour du monde en quatre-vingt jours）等傳世經典的法國文學家儒勒・凡爾納（Jules Gabriel Verne），其實早在1864年，就已出版過《地心遊記》（Voyage au centre de la Terre），著實是位識見豐富的先驅。無怪乎被譯成多國文字，成為世界各國兒童廣泛的共同記憶。近年更被拍成3D電影，已分別於2008年《地心冒險》及2012年《地心冒險2神秘島》上映。足見《地心遊記》這本小說普世的影響力，更彰顯凡爾納超越當代的先知灼見。

凡爾納於《地心遊記》中敘寫諸多在地底的冒險見聞，以現今地質科學來看，自然光怪陸離，偏離事實甚遠。但**就一本啟發興趣與想像的兒童小說而言，是頗值得推薦的閱讀素材**。尤其書中對於地底歷程中的礦物、岩層、火山，以及恐龍等古生物，有甚多細心的觀察，以及生動的描述，活靈活現地將地質知識，融入在主角向地心探索的奇幻歷程當中。**文字淺白，情節緊湊，若是中小學生翻閱，想必是易讀易懂；若是親子或班級共讀，則想必更能與書中的主角，共享那段驚險的旅程。**

施錦雲（新生國小老師、英語教材顧問暨師訓講師）

１０８新課綱即將上路，新的課綱除了說明１２年國民教育的一貫性之外，更強調「核心素養」。所謂「素養」，在蔡清田教授２０１４年出版的《國民核心素養：十二年國教課程改革的ＤＮＡ》一書中，強調素養同時涵蓋 competence 及 literacy 的概念，competence 是學科知識、能力與態度的整體表現，literacy 所指的就是閱讀與寫作的能力。

一套能提供學生培養閱讀興趣與建立寫作能力的書籍是非常重要的，【孩子一生必讀的世界經典】就是這樣的優質讀物。這系列共１０本書，精選了１０個來自不同國家作者的經典著作及多樣的主題，讓學生可以透過閱讀了解做人的基本道理及處事的態度，進而包容多元的文化並尊重大自然。

《地心遊記》充滿冒險與想像，很符合這個現實與虛擬並存的２１世紀。

《騎鵝旅行記》能透過主人翁的冒險，理解到友誼及生命的可貴。

《青鳥》能讓孩子了解幸福的真諦。

《小戰馬》能讓讀者理解動物的世界，進而愛護動物並與大自然和平共存。

《史記故事》透過精選的１５則故事，讓讀者鑑往知來，從歷史故事中出發，當生活中遇到困難該如何面對。

一套優良的讀物能讓讀者透過閱讀吸取經驗並激發想像力，閱讀經典更是奠定文學基礎最好的方式。

張佩玲（南門國中國文老師、曾任國語日報編輯）

經典名著之所以能流傳上百年，正因為它們蘊藏珍貴的人生智慧。【影響孩子一生的經典名著】選取了不同時空的精采故事，帶著孩子一起進入智慧的殿堂。當孩子正要由以圖為主的閱讀，逐漸轉換至以文為主階段，此系列的作品可稱是最佳選擇，無論情節的發展、境況的描述、生動的對話等皆透過適合孩子閱讀的文字呈現。

我們由衷希望孩子能習慣閱讀，甚至能愛上閱讀，若能知行合一，更是一樁美事，**讓孩子發自內心的「認同」，自然而然就會落實在生活中。**

戴月芳（國立空中大學／私立淡江大學助理教授、資深出版人暨兒童作家）

因為時代背景的不同，產生不同的決定和影響，我們讓孩子認識時間、環境、角色、個性、條件會影響抉擇，所以就會學到體諒、關懷、忍耐、勇敢、上進、寬容、負責、機智，這些都是**不同時代的人物留給我們最好的資產。**

張東君（外號「青蛙巫婆」、動物科普作家、金鼎獎得主）

有些書雖然是歷久彌新，但是**假如能夠在小時候以純真的心情閱讀，就更能獲得一輩子的深刻記憶。**……縱然現在的時代已經不同，經典文學卻仍舊不朽。我的愛書，希望大家也都會喜歡。

王文華（兒童文學得獎作家）

【影響孩子一生的世界名著】跨越時間與空間的界限，帶著孩子們跟著書中主角一起生活與成長，從閱讀中傾聽《小戰馬》、《小鹿斑比》等動物與大自然和人類搏鬥的心聲，跟隨《地心遊記》、《頑童歷險記》、《青鳥》追尋科學、自由與幸福的冒險旅程，踏上《騎鵝歷險記》、《森林報》的歐洲土地領略北國風光，一窺《史記》、《好兵帥克》的中國與歐洲一戰歷史。**有一天，孩子上歷史課、地理課、生物自然課，會有與熟悉人事物連結的快樂，自然覺得有趣，學習起來就更起勁了。**

李貞慧（水瓶面面、後勁國中閱讀推動教師、「英文繪本教學資源中心」負責老師）

孩子透過閱讀世界名著，將**豐富其人文底蘊與文學素養**，誠摯推薦這套用心編撰的好書給大家。

李博研（神奇海獅先生、漢堡大學歷史碩士）

介於原文與改寫間的橋梁書，除了提升孩子的閱讀能力與理解力，他們更可以從一則又一的故事中了解各國的文化、地理與歷史，也能從《好兵帥克》主人翁帥克的故事中，明白戰爭帶給人類的巨大傷害。

金仕謙（臺北市立動物園園長、台大獸醫系碩士）

在我眼裡，所有動物都應受到人類尊重。從牠們的身上，永遠都有值得我們學習的地方。很高興看到這系列好書《小戰馬》、《小鹿斑比》、《騎鵝歷險記》、《森林報》中的精采故事。相信從閱讀這些有趣故事的過程，可以從小**培養孩子們尊重生命，學習如何付出愛與關懷，更謙卑地向各種生命學習，關懷自然**。真心推薦這系列好書。

第一章　叔叔的古書

一八六三年五月二十四日，一個星期天，我的叔叔李登布洛克教授急急忙忙的跑回我們位於漢堡的家中。他穿過飯廳，衝向他的書房，把傭人瑪爾塔嚇得驚慌失措，她以為午飯準備得太晚了。

「為什麼先生這麼早就回來了？」她慌張的喊著。

「他應該會告訴我們的。」我回答。

瑪爾塔請我向叔叔解釋午飯的事，然後就急忙進了廚房，不過我可做不到，向一位脾氣暴躁的教授做解釋實在太難了。

正當我打算一聲不響的回到自己房間時，叔叔出現了，他大聲的向我命令道：「阿克塞，跟我來！」我只好趕緊跟上去。

容我介紹一下我的叔叔李登布洛克教授。他不是一個壞人，但絕對是一個怪人。他在大學講授礦石學，講課時，他總會發上一、兩次脾氣。這全是因為

他的演說能力太差，加上礦石學中有很多難念的名稱，諸如「菱形六面體結晶」、「松香瀝青化石」什麼的，很容易說錯，所以在講課時，他常常會因為詞不達意而大發雷霆。

不過我的叔叔是個真正的學者。他有地質學家的天賦和敏銳的觀察力，在所有的國家科學機構和學會中，都十分受到尊敬。

現在向我喊叫的就是這位大人物。你們可以想像一個身強體健、外表很有精神的人——雖然他已經五十歲了。他的鼻子像一把刀，眼睛不停的在大眼鏡後面轉動。他走起路來腳下生風，一步就有三英尺，而且走路時總是緊握雙拳，看到的人都覺得他的脾氣不好，不敢接近他。

我們住在這間半磚半木造的老房子裡，房子雖然有點歪歪扭扭卻很牢固。叔叔在德國教授中算是過得不錯的，不只擁有這棟房子，也可以使喚屋子裡的所有人，包括他的教女格勞班——一個十七歲的維爾他少女、傭人瑪爾塔，以及我。我是個孤兒，被叔叔收留後，自然而然就成了他在進行實驗時的助手。

面對這樣的怪人，我只能老老實實的服從命令，於是我趕緊跟著來到他的書房。

這間書房簡直是個博物館，裡面收集了所有礦石的標本，叔叔細心的用不同的標籤，將它們分成了三大類：可燃燒類、金屬類，和岩石類。

我非常喜歡這些玩意兒！可是此時此刻，我的心卻不在這些寶貝上，而是把全部精神都集中在叔叔身上。

「**了不起啊！了不起！**」他興奮的大喊著，手裡正拿著一本書。「這是一件無價之寶，是我今天在猶太人的書攤上找到的。」叔叔在閒暇時也喜歡收集古書研究。

「那真是太好了！」我假裝很興奮的樣子。

叔叔完全沉醉在這本古書之中，不斷的讚美古書的裝幀和內容，我只好配合他，問這本書在講些什麼。

「這本書嗎？它是記錄統治冰島的挪威王族的編年史，作者叫斯諾爾．圖樂森，是十二世紀冰島的著名作家。」

「那麼這是被翻譯成德文的囉？」

「德文？糊塗啊！你，這個可是手抄本，是盧恩文的手抄本！」

叔叔不管我是不是有興趣，馬上口若懸河的介紹起盧恩文來了。原來盧恩文就是過去在冰島使用的一種文字，傳說是天神創造的。

話正說到一半，一張羊皮紙從書裡掉了出來。

叔叔立刻撿起羊皮紙，那上面排列著一些看不懂、像咒語似的文字。他研究了幾分鐘，然後推了推眼鏡，說道：「這是盧恩文，可是它們到底是什麼意思呢？」

我看到叔叔的手指微微發抖。看得出來，精通各國語言的叔叔也被難倒了，他急躁的情緒自然又流露了出來。

這時，瑪爾塔過來通知大家午飯準備好了。

「什麼午飯，做飯和吃飯的都滾開！」叔叔嚷著。

瑪爾塔看起來不大開心的跑開，我快步跟上她來到了飯廳，叔叔卻沒有跟在後頭。等了一會兒，叔叔還是沒來。這是一頓多麼美味的午餐啊！香菜湯、火腿溜白菜、小牛肉配酸梅汁、糖漬大蝦，還有美酒呢！既然叔叔為了做學問不能享用，我只好幫他吃了。

瑪爾塔在一旁喃喃自語：「李登布洛克教授居然不吃午飯！」她又搖著頭說：「這表示有重大的事情要發生了。」

我剛吃完大蝦，就被叔叔的吼叫嚇了一跳，趕忙從飯廳跑回書房。

「**這顯然是盧恩文**，」叔叔皺著眉頭，「可是這裡面有個祕密，我一定要破解它。」他用拳頭示意我坐在書桌前。「現在我要把相當於這些文字的字母按照順序念出來，你邊聽邊記，不許出錯！」

聽寫開始。在叔叔的解讀下，那些文字逐漸組成了一串無法理解的字母。一念完，叔叔急忙把我手上的紙張奪了過去，可是他也看不懂。「這應該是密碼，故意弄亂了字母的順序，如果我們能合理排列，一定會有重大發現！」他又拿起那本書和羊皮紙，仔細的比對起來。「我想，這些文字應該是這本書的某位收藏者寫下的。可惡！到底是誰呢？他不會在這抄本上簽個名嗎？」

叔叔在書的第二頁背面發現了一些墨漬，看起來像字母，他認為值得研究，拿起放大鏡拼命瞧，吃力的認出了上頭的記號，也是盧恩文字。

「**阿爾納·薩克努塞！是他留下了這些文字！**」他興奮的喊道，「他是十六世紀著名的學者，也是一位鍊金術士！那個時代的鍊金術士都是了不起的人，只有他們才是真正的學者。那個薩克努塞一定是把某種重大發現，藏在這串密碼裡了，一定是這樣！」

教授為這個假設激動了起來。我很欽佩叔叔豐富的想像力，但還是鼓起勇氣問道：「可是，他為什麼要把發現藏起來呢？」

「為什麼？為什麼？哈！我怎麼知道？不過走著瞧，哪怕不吃飯、不睡覺，我也一定會破解的！」

「你也一樣！」他補充道。啊！幸虧我剛剛吃了兩份午餐。

「首先，我們要知道這個密碼屬於哪種語言。看它其中一些字母的型態，我想應該是一種南歐語言，畢竟幾百年前歐洲語言所使用的字母都有一些相似之處。」憑著自己豐富的語言學知識，叔叔一步步分析，「薩克努塞是個知識淵博的人，他一定會使用那時候的文人常用的語言，那就是拉丁文了。沒錯，拉丁文。他只是打亂了這些盧恩文的字母順序，再根據某種規律，重新排列出這一串文字。祕密肯定藏在拉丁文中。」

叔叔把字母顛來倒去、仔細研究著：「我們需要整理出這些文字對照拉丁文的規律，這就是解開密碼之鑰。阿克塞，你有想法了嗎？」

我沒有回答他，因為我的心思全集中在牆上的一幅畫像，那是格勞班的畫像，她現在住在親戚家。她不在讓我感到很孤單，因為我們正在談戀愛，而且背著叔叔偷偷訂了婚。她是個可愛又認真的女孩，我簡直是無比崇拜的愛著她。我回想著我們一起工作和嬉戲的時光，她每天都幫我整理叔叔的那些礦石，休息的時候，我們手牽著手在湖邊的林蔭小徑上散步、聊天，那是多麼美好的時光啊！我正作著我的白日夢，突然一個重重的拳頭在桌上一擊，把我拉回了現實世界。

「你看，」叔叔說道：「如果字母是故意弄亂順序，那作者最先想到的辦法，應該就是把字改成直著寫。來！你在紙上隨便寫一句拉丁文，不過不要一個個橫著寫，而是依序由上往下寫。」

我立刻按他的要求寫了一段文字。「好，再把這些字母橫著寫出來。」叔叔看也沒看的說，而我也照辦了。「很好，」叔叔一面說，一面把紙片拿過去：「這些字母的排列跟羊皮紙上的似乎有那麼點相似了！現在我只需要把每個單字的第一個字母按順序這樣排，然後還原你寫的句子……『我非常愛你，我的小格勞班。』什麼！這到底是什麼玩意兒？」他大叫道。

「你愛她？」叔叔用嚴厲的口氣質問我。我支支吾吾，一時之間有些語塞。

「你愛她！好吧！我們把這個研究方法套用在羊皮紙上！」叔叔無暇顧及我寫的字句，他的學者腦袋裡裝不下別的東西。

按照剛才的方法，我記下了叔叔讀出的盧恩文。結束後，我盼望他能解釋這串我看不出任何意義的文字，可是盼來的卻是他重擊在桌上的狠狠一拳：「不對！這毫無意義！」叔叔氣的大聲喊叫著，然後像被擊發的子彈一樣，衝到大街上去。

瑪爾塔被關門聲嚇了一跳，過來問我叔叔怎麼不吃飯就走了，我告訴她叔叔從此都不會吃飯了，這個家也不准再開飯了。瑪爾塔驚慌的說：「天啊！這麼說我們只有餓死的份兒了！」她哀歎著走回廚房去。

現在我獨自在這書房裡，突然很想去找格勞班，可是一想到萬一叔叔回來找不到我幫忙，後果將會多麼嚴重，我還是留了下來。我心不在焉的整理了一會兒礦石，腦子裡一直想著羊皮紙，心裡有一種不祥的預感。

過了一個小時，我已經把礦石整理完畢，叔叔還是沒回來。我無意中拿起羊皮紙，納悶著：「這到底是什麼意思呢？」

我試圖用這些字母組成詞彙，可是我辦不到，一下又看到希伯來文，還有法文等等。它們都一股腦兒蹦了出來，可是這些詞彙組成不了合理的句子。

我就這樣看著紙片，眼珠不停的轉動，這一百多個字母好像在我身邊飛了起來，讓我熱血沸騰、喘不過氣。我把紙片當作扇子搧了起來，就在我快速搧動紙片的時候，眼前突然晃過一些清晰的拉丁詞彙，比如：**火山口**、**地球**！

我的腦子突然閃過一道靈光。要讀懂羊皮紙上的密碼，的確需要破解某種規律！叔叔推測這些盧恩文字母可以排列成拉丁文是正確的，只是他沒發現具體的規律是什麼，而我卻恰巧在無意中發現了！

我簡直激動到了極點，激動得連東西都看不清楚了，好不容易我才讓自己平復下來。「讀吧！」我深深吸了一口氣，朗聲讀出了那個句子，讀完後我嚇了一大跳。什麼？居然有人這麼大膽！

「啊！不！如果讓叔叔知道，他會不顧一切跑去的，而且還會帶著我！我們會永遠回不來的！不能讓他知道！」

當我想摧毀這張罪惡的紙片，正要把它投進壁爐裡時，叔叔進來了。

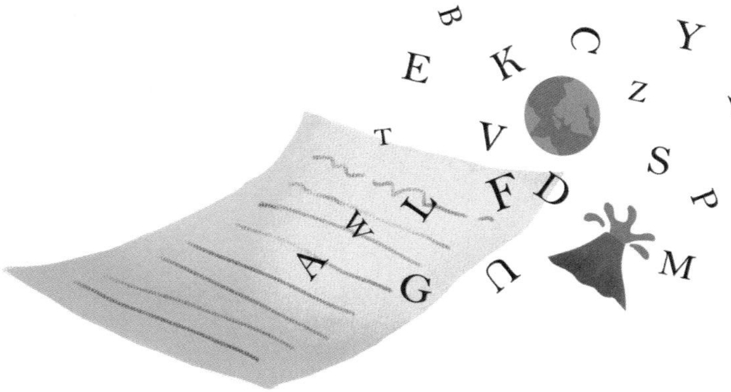

第二章　叔叔也知曉了祕密

我連忙把羊皮紙放回桌子上。叔叔依然全神貫注的思考著，完全沒有跟我說話的意思。他在紙上寫下一些計算公式什麼的，我看著他，全身不由自主的顫抖著，因為，我已經找到答案了。

時間流逝，夜幕降臨，叔叔仍一刻也不停歇的寫著。如果把字母排列的可能性都計算一遍，那計算量幾乎是天文數字，想到這裡，我覺得自己安全了。在一片寂靜中，我沉沉的睡了過去。

第二天我醒來，看到叔叔還在工作，他的頭髮淩亂、雙眼通紅，他居然工作了一整晚！我有點可憐他了，但還是忍住沒有把我的發現告訴他，如果我告訴他，他就會不顧性命去冒險，那是在謀害他！讓他去猜吧！

可是，意外在這時發生了。

瑪爾塔準備出門買菜時發現大門鎖著——這顯然是叔叔做的。幾年前他曾

因為把全部的心力都放在礦物分類的工作上，整整四十八個小時沒吃飯，全家人也得陪著他一起挨餓。看來，這一次他也下定決心要讓我們成為犧牲品了！

我以為自己能堅持的，可是到中午的時候，我已經餓得非常難受了，家裡能吃的東西都被「掃蕩」光了。到了下午兩點，飢餓變得更難以忍受，我開始勸自己把一切都告訴叔叔，或許結果不會像我想的那麼糟糕。

我正想找一個方式自然的切入話題，叔叔卻站了起來，戴上帽子準備出門。喔！不！他準備把我關在家裡，不行！

「叔叔，解開密碼之鑰！」我大聲喊道。

「什麼？」叔叔看著我。

我的表情顯然告訴了他什麼，他走過來用力抓住我的胳膊，用眼神詢問我，我點了點頭。他突然兩眼一亮，更用力的抓住我。

「呃，我偶然中……」

我把我寫的那張紙片交給他，說：「如果您試著從後面往前讀的話……」

我還沒說完，他就吼了起來：「啊，聰明的阿克塞！你真是太聰明了！」他抓過紙片，嗓音顫抖的讀完整段話：

> 在七月前，斯加丹利斯的影子會落在斯奈菲爾的約庫，從這裡下去，勇敢的人，你將會到達地心。我已經去過了。
>
> 阿爾納・薩克努塞

你可以想像叔叔讀完的樣子，他幾乎像觸電一樣跳上跳下，直到筋疲力盡，最後倒在扶手椅上。

「現在幾點了？」他一邊問，一邊朝樓下飯廳走去。

「三點。」我說。

「是嗎？餓死我了，趕緊開飯，然後……」

「什麼？」

「準備行李，包括你的！」

我不由得顫抖了一下，**去地心旅行？瘋了吧！**等填飽肚子後，我一定要用科學的論據，阻止叔叔這個瘋狂的念頭。

一個小時後，我的飢餓感終於平復了。這時，叔叔立刻把我叫到書房。

「阿克塞，聰明的孩子，你幫了一個大忙，不過我要提醒你，一定要保守祕密，等我們旅行回來後才能說出去，否則會有很多人想去的。」

「會有人想去嗎？那只是一張紙片，誰知道是不是偽造的？」我冒失的說出了這些話，透露了自己的心聲。叔叔居然沒有生氣。

我壯了壯膽，接著往下說：「關於羊皮紙，我想提出不同的看法。首先我要知道『約庫』、『斯奈菲爾』、『斯加丹利斯』，這些詞究竟是什麼意思。」

這是難不倒叔叔的──他讓我取來一張地圖，輕而易舉的為我解說了它們的意思：冰島文把火山稱作「約庫」，叔叔在地圖上找到冰島的首都雷克雅維克，然後手指微微移動，指在北緯六十五度下面一點的地方，有一座像是從海

中升起的山。「這就是斯奈菲爾，冰島最著名的火山群之一。」

「我們不可能從這裡下到地心，火山口有滾燙的岩漿，所以……」

「如果這是死火山呢？目前地球表面的活火山只有三百座左右，像斯奈菲爾，它只在一二一九年爆發過一次，早就是死火山了。」

對此我啞口無言，只好把話題焦點轉移到其他疑問上：「那麼斯斯加丹利斯呢？它跟七月有什麼關係？」

「這才是薩克努塞的聰明之處。要知道，斯奈菲爾是由好幾座火山組成的，怎樣找出通往地心的那座呢？薩克努塞發現，將近七月的時候，其中一座山峰——斯加丹利斯——的陰影會落在那個火山口，和火山口的某一條通道上，這樣我們就能確切知道入口在哪裡了。」

「好吧！就算薩克努塞在羊皮紙上傳達的訊息千真萬確，我還是覺得到達地心是不可能的事，所有科學證據都說明了這一點！從地表往下，每下降七十英尺，溫度就會上升一度，按這個理論，地心的溫度會超過三十萬度，所有物質都以氣體形式存在了，我們根本不可能到達那種地方！」我被叔叔要去地心這個荒謬的想法弄的氣急敗壞。我希望能透過自己僅有的一些科學常識，來反駁叔叔的異想天開，讓他打消這個念頭。

「這麼說，你是害怕高溫，害怕被熔化是嗎？」

「當然啊。」

沒想到叔叔卻氣定神閒的說：「這只是理論，所有理論都不完善，人們認為宇宙溫度是遞減的，但後來又發現最低溫不會低於零下四十至五十度。為什麼我們不能假設地心溫度也是這樣呢？」

既然叔叔堅持用假設來解釋問題，我也無力反駁了。

叔叔又列舉了一些學術界中十分著名的學者看法，試圖向我說明地心不可能有滾燙的岩漿存在的觀點。他提出的論據充足，說得頭頭是道。不知怎麼的，他的熱情感染了我，我竟然開始有些動搖了！

「你看，地質學家對地核狀態本來就有不同的假設，現在，我們可以親自去搞清楚這個問題了。」

最後，不出所料的，我被眼前這位學者、冒險家說服了。

第三章　準備出發

我走出書房時仍然感到熱血沸騰，談話的氣氛使我有些暈眩，雖然我還在各種矛盾中搖擺不定，但我當時真有一種可以立刻出發的勇氣。然而一個小時後，興奮感消失，我又覺得這一切真是太荒唐了。

於是我出了門，沿著易北河散心。突然，我看到格勞班往我的方向走來。

「格勞班！」我喊道。走了十來步，來到她的身旁。

「阿克塞！啊！你一定是來接我的，對嗎？」她很高興，但過不了一會兒就發現了我的不安。於是我三言兩語的向這個聰明的姑娘說明了整件事情。

「這將是一次美妙的旅行！」

聽到這句話，我簡直嚇傻了。「格勞班，你不反對嗎？」

「要是你們願意，我真想一起去呢！」

哦！這個少女在慫恿我去冒這個險！連她都毫不懼怕的願意冒一次險，我

不禁為我的膽小深深的感到羞愧。

之後，我們手挽著手，默默的走了回家。回到家已經很晚，我以為家裡會像往常一樣寂靜，而叔叔應該睡了。誰知道家裡熱鬧非凡，叔叔正忙著向好多卸貨的工人發號施令，看來我完全低估了他的心急程度。

「我們真的要去？」我問。

「對，後天就出發！」叔叔開始整理起自己的行李。

「後天就走？」我又確認了一遍。

「**對！後天一早就出發！**」答案當然是一樣的。

我不敢再聽下去，只好逃進自己的房間。叔叔利用下午的時間購置了旅行需要的物品，家裡堆滿的繩子、鐵鉤、火把什麼的，夠十個人搬了。

熬過一夜，一個溫柔的聲音把我喚醒。我想利用自己萎靡、蒼白的面孔讓格勞班心軟，誰知我發現自己竟然臉色平靜，而這讓格勞班放心了不少。

「親愛的阿克塞，我和你叔叔談了很久，他是個了不起的人，致力於科學，

充滿了膽識，我相信他會成功的！阿克塞，身為他的同伴將得到多大的榮耀啊！當你回來的時候，你就可以和他平起平坐，你就可以自由的……」

她的臉漲得通紅，我知道她在想像我們倆美好的未來。眼前這個女孩所說的話讓我振奮了起來，可我還是要去問個清楚，為什麼我們要這麼急著出發。

「傻瓜，你以為去冰島很快嗎？現在已經是五月二十六日了，如果我們不趕緊出發，找一條船去雷克雅維克，就看不到斯加丹利斯的陰影投落在哪個火山口上了！快去打點你的行李！」叔叔斬釘截鐵的說。

我還有什麼話好說呢？我一點兒也無法反駁叔叔的說辭，只好回自己房間準備行李，格勞班也靜靜的陪著我整理打包。

終於，箱子闔上了。叔叔需要的所有用品也都及時運到了。

「明天早晨，」叔叔命令道：「我們六點準時出發！」

我累得倒頭就睡，然而到了半夜，我又害怕了起來。我一直做噩夢，夢見自己不停向下墜落深淵的景象。早晨五點我筋疲力盡的醒來，走進飯廳，叔叔已經在大口吃飯，我卻一口也吃不下。

五點半，接我們的馬車到了。叔叔交代格勞班好好的顧家，這個美麗的姑娘竟忍不住掉下了眼淚。「去吧！阿克塞，等你回來，就能見到你的妻子了。」她溫柔的說。我和她緊緊的擁抱了一下，然後就上了馬車。瑪爾塔跟她站在門口揮著手，和我們做最後的道別。

我們的旅程開始了。

馬車載著我們，向漢堡的郊區飛馳而去，我們將在那裡搭火車前往基爾。

六點半，我們抵達車站，七點的時候，已經坐在車廂裡。我們的行李被卸下馬車，過磅、貼標籤，搬上了行李車廂，它們將直接被托運到丹麥的哥本哈根。叔叔沒空跟我說話，他非常仔細的檢查著他的旅行包。他似乎已經為這次計畫，準備了所有可能需要的東西。其中有一張紙，上面有丹麥駐漢堡領事克里斯迪安森先生的簽名，他是叔叔的朋友，他的介紹信能幫我們在丹麥和冰島之間方便通行。還有那張寫著密碼的羊皮紙，叔叔小心翼翼的把它藏在旅行包最隱密的地方。**我真是討厭這張羊皮紙！**

三小時後，我們抵達了基爾。但是因為出了些差錯，直到晚上十點鐘，我們才坐上船。經過一夜的海上航行，我們在丹麥的一個港口城市上岸，然後再轉乘一輛火車，終於在上午十點來到丹麥首都哥本哈根。

馬車載著我們和行李來到旅館，還沒來得及休息，叔叔就拉著我去了北歐古董博物館。館長先生讀了叔叔的介紹信後，熱情的接待我們，並帶我們去碼頭尋找前往冰島的船隻，結果居然被他找到了，六月二日就有一艘小帆船開往雷克雅維克。叔叔激動的感謝館長，並立刻支付了船費。

「好極了！非常順利！」一回旅館的路上叔叔不停的說。午飯後我們在城裡閒逛，可是叔叔顯然對那些名勝古蹟沒什麼興趣。

他執意要去遠處小島上的一座鐘樓。我們坐船前往，上了岸又穿過幾條馬路，高聳的鐘樓出現在我們眼前。叔叔命令我隨他爬上去，難道他不知道我怕高嗎？「你不是膽小鬼吧？」一路上叔叔不停的採用激將法激我，根本不顧我暈頭轉向的窘態，最後我幾乎是用爬的，爬上了鐘樓頂端。叔叔抓著我來到平臺邊緣：「你得學會從高處俯瞰！」

那些房屋、農田，還有遠處的大海，都在我眼前盤旋，他逼著我站了整整一個小時。更讓人抓狂的是，接下來五天我都被迫進行這個練習，結果是，我從高處俯瞰的本領果然進步了不少，我自

己也想不到。

六月二日到了。館長先生為我們準備了給冰島總督、助理主教、以及雷克雅維克市長的介紹信。我們上了那艘小帆船，這是一艘運送貨品的小船，只有五個船員。船長說這趟行程需要十來天。

整個航程平平淡淡，眼前除了大海就是各種島嶼，叔叔一直暈船，只能在船艙休息。出發前充滿自信，現在卻一副狼狽樣，讓他感到十分羞愧。

十一日，我們來到波特蘭海角，船從成群的鯊魚和鯨魚中穿過，繼續向西航行，又繞過冰島西部的雷克雅奈斯海角，經歷暴風雨和海底暗礁的考驗，終於抵達了雷克雅維克。

叔叔憔悴的面容掩蓋不了他內心的激動，他在下船前指給我看遠方積雪的高山：「**斯奈菲爾！斯奈菲爾！**」然後又按捺住自己的激動之情，提醒我不要張揚。隨後，我們提著行李踏上了冰島的土地。

我們憑著介紹信受到了總督和市長的熱情歡迎，被安排住在雷克雅維克大學一位自然科學教授的住家裡。他叫弗里德李克森，是一位討人喜歡又熱情親切的人。

叔叔認為最困難的事情已經解決，完全不在意我對進入地心的擔憂。他放下行李後，就去了圖書館查閱薩克努塞的資料，我只好到街上閒逛。

雷克雅維克只有兩條馬路，我很快就逛完了。這個長形的市鎮位在兩座小山之間，地勢低平，土地潮濕。小鎮的另一頭是寬闊的海灣，北面是巨大的冰山。整個小鎮顯得沉悶慘澹，總督的官邸破舊，居民的泥屋、草屋更是簡陋，路上沒有什麼花草樹木，行人也很少。在店鋪看到的人大多忙著做事，他們眼神憂鬱、穿著樸素，就像是被遺忘在這塊土地上的流放者。我逛了一大圈，回來後看到叔叔和弗里德李克森先生正熱烈交談著。

從丹麥式而非冰島式的晚餐，可以看出主人的熱情好客。席間談話基本上都圍繞著科學話題，可是當談到我們此行的目的時，叔叔就完全閉口不談了。

他轉移話題，向弗里德李克森先生抱怨道：「你們的圖書館真是空蕩蕩的！」

「我們有八千冊藏書呢！只是大多都被借走了，冰島居民熱愛讀書，連農民都能閱讀。我們覺得書就是要放在讀者手中才有意義，放在書架上只會發霉，因此我們的書都在讀者之間交流，一、兩年以後才回到書架上！」

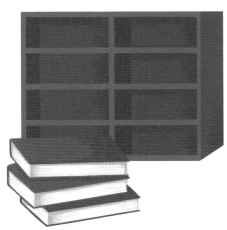

「那外地人……」叔叔顯得有點生氣。

「外地人都有他們自己的圖書館，對學習的愛好是滲透在冰島人的血液中的。我們還成立一個文學與科學協會，發展得很好，許多外國學者都加入了。如果您願意加入，我們將感到非常榮幸。」

叔叔欣然的接受了邀請，這讓弗里德李克森先生十分感動。他馬上對叔叔說：「那麼，您要找什麼書，或許我能幫您。」

「阿爾納·薩克努塞的書。」叔叔說。

「那位十六世紀偉大的鍊金術士學者嗎？他可是冰島的光榮！」

「沒錯，就是他。」

「可是這裡沒有他的書，其他地方也沒有。」

「為什麼？」

「當年薩克努塞因傳播邪說的罪名被處死，他的書也都被燒了。」

「好極了！現在我知道，他為什麼要把他的祕密藏在羊皮紙裡了……」

「什麼祕密？」弗里德李克森先生很感興趣的問道。

「哦……我只是在做一種假設。」叔叔趕緊解釋。

「好吧！那希望您能在這座島嶼的礦藏中有一些收穫。」弗里德李克森先生看叔叔吞吞吐吐，也就客氣的不再追問了。

「那麼，來冰島考察的人多嗎？」叔叔岔開了話題。

「是的，因為這裡值得研究的東西很多，那些冰川、火山都是。遠的地方不說，就說那幾座山峰，」弗里德李克森先生指著窗外，「它叫斯奈菲爾，是一群奇怪的火山，很少有人到過。」

「是嗎？」叔叔激動不已，又假裝什麼都不知道的說：「那我希望我的考察就從賽費——它叫什麼來著？」

「斯奈菲爾。」

「對！對！您的話讓我下定決心，我們就去考察斯奈菲爾火山口。」叔叔不放過這個天賜良機。心中得意洋洋，可是表面不露聲色的繼續追問。

「我們應該走海路過去嗎？這是最短的一條路。」

「也許，但是我們這兒沒船過去。你們只能沿著海岸走陸路。」

就這樣，我們順利搜集到了最重要的訊息，包括如何抵達我們的目的地，還有許多有關火山的資訊。弗里德李克森先生為他無法陪同我們前往感到遺憾，但他幫了很大的忙，更重要的是，還為我們介紹了一位好嚮導。

第四章　向火山口出發

第二天我一睜開眼，就聽到叔叔在隔壁房間大聲說話。我過去一看，原來是嚮導到了。這個人身材魁偉、健壯，有一頭紅棕色的短髮。他雙手交叉在胸口，安靜的聽著叔叔高談闊論。他叫漢斯．普傑克。看得出他是個勤勞樸實的人，絕對讓人想不到他是個獵人，不過弗里德李克森先生告訴我，他的工作並不是一般的打獵，他只需要把一種棲息於峽灣的小鳥所築的鳥巢取下。鳥巢是用鳥的絨毛築成的，可以賣錢。

這位冷靜、嚴肅而沉默的嚮導不是那種漫天要價的人，所以他很快就和叔叔達成了協議。他的職責是把我們帶到斯奈菲爾火山群附近的村莊斯塔比，並且為我們這趟科學考察提供任何必要的協助，酬勞是每週三枚銀幣。樸實的漢斯拒絕了叔叔拿出的訂金，「以後再說吧！」他說。

「了不起的人啊！他還不知道他所扮演的角色哩！」叔叔在他走後對我

說。看來進入地心的人員名單上也包括漢斯了。

接著我們開始了緊張的準備工作。要帶的物品分成四組，分別是：

儀器組：溫度計、氣壓錶、計時器、羅盤、望遠鏡和照明燈。

武器組：馬槍和左輪手槍各兩支。

工具組：十字鍬、繩索、鐵棒、錘子等等。

食品組：六個月分量的壓縮餅乾和乾肉，還有許多杜松子酒。

另外還有隨身藥箱，裡面有各種危險情況下用得到、但讓人心驚的藥品和工具，比如骨折夾板、放血刀。

叔叔還帶上了煙草、火藥之類的東西，他把充足的錢幣裝在腰間的寬皮帶裡，另外帶上了六雙防水的鞋子。「**這樣就萬無一失了。**」叔叔說。

我們花了整整一天的時間打包行李。第二天弗里德李克森先生拿來一份非常珍貴的冰島地圖，這比我們自己帶的好用多了。第三天，也就是十六號一早，漢斯就牽著馬匹來接我們了。我匆匆忙忙穿好衣服，走到外面，和漢斯寒暄了

幾句。有這位得力的嚮導在，我們很快就準備妥當了。六點鐘，我們出發了。弗里德李克森先生獻上一句道別的祝詞：「命運教我們走哪條路，我們就走哪條。」

這一天的天氣很適合旅行，不用日曬或淋雨。我騎在馬背上，心情很愉快，甚至有點兒喜歡這趟旅行了。「這次遠行只不過是鑽到火山口裡去罷了，至於通到地心，那肯定是幻想，沒什麼好擔心的！」我這樣想著。

冰島是歐洲的第二大島，面積有一萬四千平方英里，但人口只有六萬。學者把它分成四個區域，我們就是要從它的西南區域斜穿過去。漢斯選擇沿著海岸的路前進，他步行，後面跟著兩匹馱行李的馬。我和叔叔分別騎一匹矮馬。

「真是好馬啊！冰島的馬很聰明、可靠，對主人忠誠，我們要善待牠們！」

「可是嚮導呢？」

「哦，別擔心，我看他走起路來完全不覺得疲累，不過必要時我會讓他騎一會兒馬的，老是坐著對我也不好。」

我們前進得很快，經過一些貧瘠的牧場和蕭條的村莊，除了零星幾頭牲畜之外，並沒有看到任何一個人。不知道那些火山附近的地區，又會是怎樣的風貌？事實上，地球大規模的深層運動主要集中在冰島，地表上的岩石層加上火山噴發的熔岩，這些地區應該非常可怕，只是現在我對這些還一無所知。

兩個半小時後，我們來到吉福乃鎮，吃了簡單的午飯，又繼續向今天的過夜地點加爾達前進。即便到了加爾達，我們也才走了全程一百英里中的十八英里，叔叔對這種速度很有意見，但是嚮導依舊保持自己的作風。

下午四點鐘，我們抵達冰島眾多峽灣中的某一個附近，這裡岩壁聳立，路面狹窄。叔叔堅持要馬兒馱著他橫渡海灣，小馬不肯，又驚又跳，叔叔則大聲的咒罵。這時候，嚮導碰碰叔叔，用丹麥語說了幾個字：船、那兒、潮水。原來他發現不遠處有條船，建議我們等漲潮時再渡船過去。

我們一直等到六點，才能撐船過海，擺渡了一個小時，最後平安上了岸。走了半小時後，我們抵達了加爾達。按理說這時夜幕應該降臨了，然而在冰島這裡，六、七月間的太陽是不落山的。

我覺得又冷又餓，幸好，有一位農夫熱情的接待我們。跟主人握手後，我們隨他進了屋。穿過一條狹長、低矮的走道（叔叔的腦袋撞到了三、四次），主人帶我們參觀了每個房間——廚房、紡織間、臥室和客房。混雜鹹魚、優酪乳氣味的客房算是他家最好的房間，我們就在此留宿過夜。

晚飯在廚房吃，女主人熱情的歡迎我們，一起吃飯的還有她的十幾個孩子。也不知道這麼多孩子是怎樣擠進這間屋子的，總之我只感覺到我們的肩頭、腿上都是孩子，大大小小的孩子，好不熱鬧。

晚餐的口味如何不重要，我只知道我狼吞虎嚥的，沒幾下就吃光了。主人生火讓大家取暖之後，我們便回到客房，蓋上稻草做的被子，沉沉睡去。

第二天一大早，好不容易說服善良的主人收下謝禮後，我們再次上路。

走著走著，沿途的景象越來越荒涼，卻不時看到一個幽靈般的身影閃過。在他們破爛的衣服外，暴露的是令人噁心的惡瘡膿血。「是麻瘋病！」叔叔說。這些可憐人讓周圍的景色變得更加淒慘，我突然感到很悲傷，很想回家。

那天，我們渡過幾個小峽灣和一處大海灣，又越過了兩條河流，晚上在一間廢棄的屋子裡過夜。第二天依舊是陰鬱的景色，平淡無奇的旅途。到了晚上，我們的路程總算過半了。

六月十九日，我們腳下的熔岩地貌綿延長達一英里，還能時不時看到地下熱流冒出的水蒸氣，這一切都能證明這些死火山當年的活力。

六月二十日，我們抵達海邊小鎮布迪爾。漢斯帶我們來到他的叔叔家，我們得到了很好的招待。但精力旺盛的叔叔不打算休息一陣再出發，所以第二天我們繼續趕路，四小時後我們就出現在斯塔比村莊的神父家門口。

斯奈菲爾就在眼前。

叔叔若有所思的注視著它，接著大聲說道：「**那就是我們要征服的巨人！**」

斯塔比這個小村莊位於一個小峽灣的盡頭，峽灣的周圍都是屬於火成岩的玄武岩。大自然的鬼斧神工讓這些岩石井然有序的排列，就連世界著名奇景也無法與之媲美。峽灣兩旁的石壁連著一長排的石柱，形成天然的拱門，撐起天然的穹頂。經過風雨侵蝕依舊屹立的石柱，猶如古代寺廟的遺跡，歷經幾個世紀，仍保有最初的面貌，不見歲月留下的痕跡。

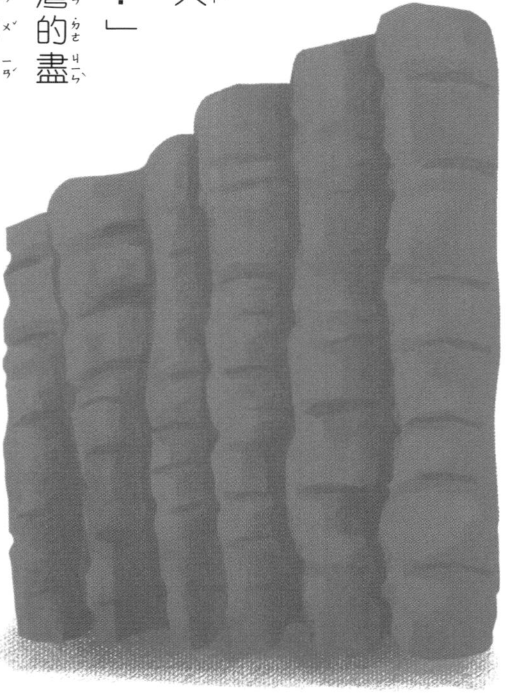

來到神父家門口，我們只看到一個正在為馬匹釘蹄鐵的人，漢斯與他交談

了一陣子，告訴我們這就是神父。看來在這個荒涼的地方，神父得是個能夠自給自足的人。明白了我們的來意後，神父和他不甚熱情的妻子讓我們進屋。吃過了簡單的晚飯，我們被安排在一間飄著異味的客房裡過夜。

第二天，我們雇了幾個冰島人，為前往火山口做準備。叔叔告訴漢斯，我們打算進入火山深處，漢斯只是點了點頭，我卻心煩意亂了起來。一路上的奔波勞頓，分散了我的注意力，但現在事到臨頭，這件事情又開始折磨我了。

「如果這座火山再次噴發呢？我們都會化為灰燼的！」

我一閉眼就看到火山噴發的畫面，最後我忍不住跟叔叔說出了我的擔憂。

「我也在考慮這個問題。」他說。我一陣高興，覺得太好，有救了！可是他又立刻潑了我一盆冷水：「但我已經問過當地居民，也研究了地面，我向你保證，它不會噴發。你跟我來。」

叔叔一邊說，一邊帶著我出門。我們來到一片由火山噴發物聚積而成的曠野上，叔叔讓我注意那些從岩石縫往外冒的熱氣。這實在讓人不由得擔心起來，看來這證明了我的恐懼，叔叔卻語出驚人的說：「這些熱氣正說明火山不會噴發。火山要噴發時，這些氣體會全部消失，一旦失去了這些氣體抑制岩漿的力量，岩漿就會直接從火山口噴出，而不會從這些縫隙中洩漏出來。所以說，如果這些氣體保持現狀的話，就可以肯定火山不會噴發。」

我還想爭辯，可是叔叔說科學事實勝於雄辯，讓我只能保持沉默。

這一夜我噩夢連連，夢見自己被火山岩漿噴射上了太空。

第二天是六月二十三日，我們被神父夫婦狠狠敲詐了一筆，心急的叔叔二話不說付了錢，就連忙起身上路了。漢斯和他的同伴背食品、工具和儀器，我和叔叔負責背兩根鐵棒、兩支長槍和兩盒子彈。

第五章　攀登火山

斯奈菲爾火山群平均有五千英尺高，沿途路徑狹窄，我們只能排成一行前進。雖然我心事重重，但畢竟是地質學教授的侄子，一路上我還是很感興趣的觀察著這座天然的冰島「地質史博物館」。

冰島完全是由火山凝灰岩所構成。它最初從海底慢慢上升，地面出現貫穿全島的裂縫，岩漿從縫中溢出，有些地方形成平鋪的一大片，有些地方則高高隆起。一次次溢出的岩漿變成硬殼，將裂縫封鎖，岩漿在地下積蓄能量，有一天終於爆發，衝破地面的岩層，形成了火山口。我們一路上看到的平頂山峰，都是火山的噴口。從此以後，岩漿漫溢的現象就為火山爆發所取代了。

這些就是冰島的形成過程，整個過程都是由地球內部的火所引起的。如果誰說地心不是一團灼熱的岩漿，他一定是瘋子！

腳下的路非常難走，經常有岩石滑落，幸虧有細心的漢斯為我們引路。艱

難的走了三個小時，我們來到火山的山腳下。

簡單吃過午飯後，準備開始攀登。這是一個巨大的挑戰，那些石頭無所依附，腳踩上去就會滑落。漢斯和他的冰島同伴們動作敏捷，叔叔也有很好的平衡感，我則需要他們的幫助。

爬了一個小時，在山腰的一大片積雪中，出現了階梯狀的小路，完全是由火山熔岩構成的，這讓我們的攀登變得方便許多。到了晚上七點，我們終於爬完兩千多個臺階，來到一座火山錐底下。

斯奈菲爾的火山口就在上面了。但我已經沒有半點力氣，叔叔示意漢斯停下來休息一下，可是漢斯搖著頭說：「**大風！**」

叔叔和我順著漢斯手指的方向望去，一股巨大的強風正往我們這邊來，這是當地常見的「大風」。漢斯叫我們趕緊走，不能停留。他帶我們從火山錐的邊緣迂迴前進，繞到山的後面。此時大風逼近，頓時狂風大作，整座山都在搖晃，如果沒有英明睿智的漢斯，我們早就粉身碎骨了。

我們不可能在火山錐的半坡上過夜，所以只好再花五個小時爬完剩下的路程，在晚上十一點抵達斯奈菲爾火山群的山頂。簡單吃了乾糧後，我在一塊岩石上安頓好自己，便在極度的疲勞下沉沉睡去。

第二天醒來，陽光明媚，我們所在的地方是斯奈菲爾火山群南峰的頂端。向下俯瞰，可以看到整座島嶼數不清的深邃山谷、懸崖峭壁，還有那連綿起伏的山巒，以及東一點西一點泡沫般的雪。看著一道道令人目眩的陽光，我幾乎忘了自己是誰，也忘記不久後將陷入深淵。眼前的美景令人心醉神迷。

這時，叔叔他們走過來，把我帶回了現實的世界。我們一同站在山峰頂端，叔叔對漢斯說：「請告訴我們這座山峰的名字。」

「斯加丹利斯。」漢斯說。

「**出發！去斯加丹利斯投下陰影的那個火山口！**」叔叔得意的看了我一眼，然後下令道。

火山陷口像個倒置的圓錐，大約有兩千英尺深，它就在眼前，就算我想退

縮也不行了。漢斯帶著我們沿著內壁小心的向下走，我一語不發的跟在後面。他把我們用繩索綁在一起，如果誰意外摔落，就可以被夥伴們拉住。

儘管艱難，我們還是安全抵達了倒圓錐的底部。抬頭望向洞口，可以看到高聳入雲的斯加丹利斯山峰。這裡出現三條熔岩噴發的通道，每個通道口約一百英尺寬，向我們張開大口。我不敢往裡面看，叔叔卻很忙碌的把通道快速檢查了一遍。他突然在一塊花崗岩前面尖叫一聲：「阿克塞，快來！」我跑過去，驚訝的看到岩石上刻著一個名字，是用盧恩文寫的：「**阿爾納・薩克努塞**」我不知該高興還是難過，只是呆呆的愣在那裡。

等我回過神，叔叔和漢斯已經把三個冰島幫手辭退了，他們的任務完成，可以回斯塔比了。我們三人安頓好睡覺的地方，就在火山口底部度過第一夜。

第二天是陰天，叔叔氣急敗壞了，因為只有出太陽，才會有影子，才能看到斯加丹利斯的陰影落在哪一條通道。今天已經是二十五號了。第三天還是不見陽光，下了一整天的雨。二十七號，依然是陰天，如果一直這樣，我們這一路的力氣都白費了，叔叔的惱怒可想而知。

直到二十八號，叔叔終於等到了陽光。斯加丹利斯山峰的陰影隨著燦爛的陽光緩緩移動，到了中午，它悄然落在中間那條通道上。

「**就是這兒！去地心的路！前進！**」叔叔叫道。

真正的旅程此刻才開始，現在每一步都是危險和未知。

我猶豫著要不要拒絕參加這趟旅程，然而想到堅強的漢斯，想到我的格勞班，我就感到羞愧難當，於是邁出腳步往中間那條通道走去。我往下一看，這條通道幾乎是垂直的，壁面還有許多突出的岩石，我差點沒暈過去。

叔叔很快解決了垂降的技術問題，他解開一捆四百英尺長的繩索，先把一半放下，中間部分繞在一塊岩石上，再把另一半放下。我們得同時拉住兩條繩索下降，等下降兩百英尺後，只要拉住一端，就能把整根繩子取下來，然後重複利用。

叔叔指揮我們把食物和易碎品分成三份，各自背著，而衣服之類的東西只需要捆好，直接扔下去就行。他顯然沒有把我們三個人算作易碎品。

「**該我們上場了。**」叔叔這話讓我止不住渾身發抖。

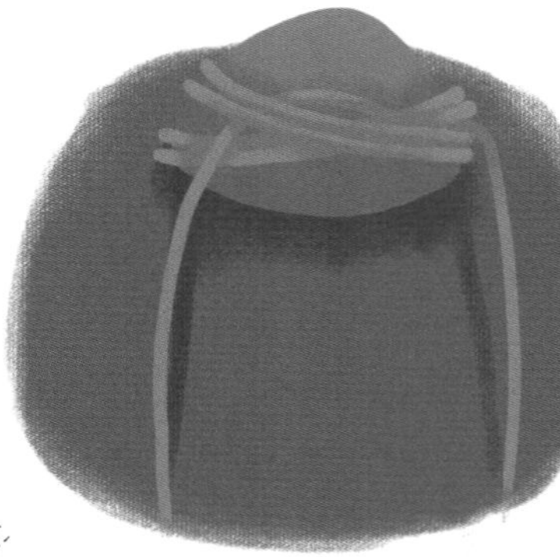

我們拉著兩條繩索垂降，我擔心繩子隨時會斷掉，一邊抓住岩壁上的岩石，希望減輕些重量。半小時後，我們在一塊大岩石上「著陸」。漢斯拉下繩索的時候，碎石塊就像雨點般落下。

用同樣的辦法，半小時後，我們又下降了兩百英尺，而通道依舊深不見底。叔叔居然還有餘力觀察岩石，他在休息時對我說：「這些岩石排列完全印證地心熱量不存在的理論，我非常有信心。」對此我只能用沉默回應他，因為我不知道還要垂降多少次，我沒有精力與他爭辯。

越往下，光線越微弱，我用心留意著我們使用繩子的次數。繩子重複使用了十四次，每次半小時，共計七小時，我們每次休息一刻鐘，十四次，就是三個半小時。我們出發時是一點，那麼現在已經十一點多了。而我們下降的距離，應該有兩千八百英尺深了。

這時候漢斯突然叫停，我們已經垂降到通道底部了。

我和叔叔以為沒路可走了，但漢斯說他隱約看到一條向右斜的通道，他建議我們先吃飯睡覺，明天再走。於是我們在石塊上躺下，在這個巨大「望遠鏡」的盡頭，仍可微微看到星光閃耀。

早上八點，岩壁反射的陽光將我喚醒，這亮光足以讓我看清四周。

「怎麼樣？阿克塞，」叔叔高興的對我說：「睡在這裡比家裡還安穩吧？又沒有車，又沒有人！」

「可是這裡安靜的讓人害怕。」

「現在就害怕，接下去怎麼辦？我們還沒進入地心一英寸呢！」

「什麼？您確定嗎？」

「當然，你自己看氣壓計！我們現在正在海平面上。」叔叔拿出氣壓計向我解釋，數據顯示我們現在高度跟海平面差不多，等真正進入地心，普通的氣壓計就會失去作用，必須改用流體壓力計。

我擔心再這樣下去，氣壓會大到肺受不了，但叔叔說我們下降的慢，肺部可以適應。他記錄下數據後，下令繼續前進。漢斯靠著微光找到昨天扔下來的衣服包裹，我們吃了點乾糧、喝了點杜松子酒，就朝漢斯看到的通道出發了。

叔叔和漢斯點亮掛在脖子上的照明燈，讓我們能看清前方的路。我看了火山口頂端露出的天空最後一眼，拿起背包跟他們進了通道。

岩漿為通道壁塗上了亮亮的一層東西，我們的燈光被反射得更亮了。通道斜坡大約是四十五度，我們得防止自己下滑得太快，幸好有一些凹凸的鐘乳石給我們當作臺階。四周布滿的石英結晶，在光照下閃閃發亮，美的讓人驚歎。

叔叔說還會有更壯觀的東西，讓我趕緊走——其實我們是在滑行。通道筆直延伸著，羅盤指向東南方向。但溫度沒有明顯升高，我很驚訝！

不知道我們到底走多深了？叔叔一直利用傾斜角在丈量計算，但不說話。晚上八點，叔叔讓我們停下，七個小時的行程讓我筋疲力盡。吃飯時我發現我們的水只剩一半了，忍不住請叔叔留意。

叔叔卻不大擔心，他說只要我們走出熔岩層就會有水。但我很懷疑，因為我總覺得我們在垂直高度上並沒有下降多少。

「你憑什麼這麼說？」叔叔問道。

「因為溫度只比出發時上升了九度啊！按照理論，每下降一百英尺，溫度會上升一度，就算考慮到岩石對溫度的影響，我們下降的距離也不會超過……」我在本子上計算後，說：「一千一百二十五英尺。」

「可是，根據我的儀器顯示，我們已經抵達海平面以下一萬英尺了！」

如果叔叔是對的，那為什麼溫度沒有升高呢？

第六章　出現新的困難

第二天，也就是六月三十號星期二，清晨六點開始，我們就沿著通道斜坡繼續往下走，十二點十七分時，來到了盡頭。在我們眼前出現了兩條路，這是一個十字路口，我們該選擇哪一條路走呢？

叔叔想表現出他的果敢，於是毫不猶豫的指向東邊的那條路。但我知道這是在碰運氣，因為我們沒有任何可以判斷的依據。

這條路的斜度不明顯，但是景觀差別很大，一會兒是高聳的寬大拱門，一會兒是狹窄的羊腸小徑，不過溫度仍然沒有高到離譜。可是我仍忍不住想像起火山噴發，岩漿沿著這些通道奔流的景象。

「這火山應該不會突然醒過來吧？」我心想。

到晚上六點，我們走了約五、六英里，但是高度只下降了四分之一英里。

第二天還是如此，我總覺得我們不是在向下走，甚至覺得路面有一點上升的趨

勢。我放慢腳步，叔叔問我怎麼了，我把我的發現告訴他。

「路在向上？」

「是的，再走下去，我們又會回到冰島的地面。」

叔叔不服氣的搖搖頭，繼續前進，我只能快步跟上——可不能落隊啊！再說，一想到這條路可以通到地面，我的心情也輕鬆不少。

中午過後，岩壁出現了明顯變化，熔岩層不見了，岩床變成直立排列，這很顯然是過渡時期的地質樣貌，也就是說，我們正處在志留紀的地層。

「看吧！我們正在離開火山熔岩層，這些岩石都說明這條路是錯的！」我大喊道，一邊指給叔叔看那些砂岩、石灰岩和頁岩，「我們已經處在出現動植物時期的地層了！」但叔叔看完後還是繼續前進，他就是不願意承認自己走

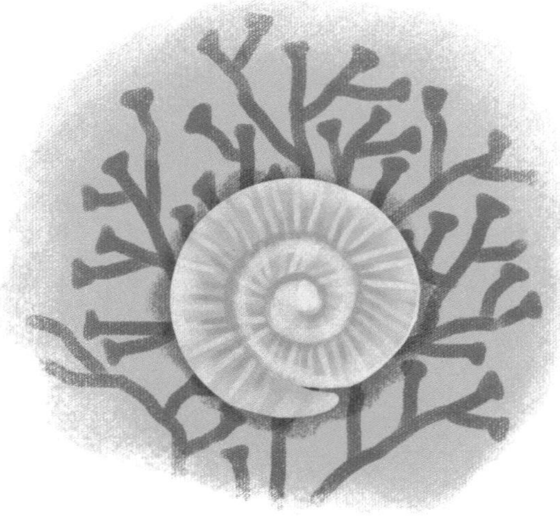

錯路了吧？

再走了一小段路，我又發現了更有力的證據——植物和貝殼的遺骸。我撿起一塊甲殼，走到叔叔面前拿給他看。叔叔平靜的說：「我瞭解你的結論，也許我們走錯了，但我們必須走到路的盡頭才能確定。」

「可是我們快沒水了。」

「那就限制飲用，阿克塞。」

我們確實得限制飲水，因為水只夠再喝三天了，而這兒又找不到泉水。

第二天，我們默默前進了一整天，出現在眼前的，只有無窮無盡的岩石拱門，道路看不出有下降或上升多少，但是過渡時期的地質特徵卻越來越明顯。燈光使岩壁上的大理石熠熠生輝，有些呈現瑪瑙般的灰色，還摻雜著白紋，有些是鮮紅色，有些是黃色裡夾雜著一片片的玫瑰色，更有些是暗紅色和棕色斑點混合在一起。

這些大理石大多有著原始動物的痕跡，從昨天看到的低等甲殼類生物，升級為爬行類動物，牠們的遺骸沉積在這些新生代時期的岩石上。我們還是在往上走，但叔叔似乎根本沒注意到這些，他執著的前進著。

這一天，口渴的折磨已經開始。

星期五，又是新的一天。走了十小時後，周圍岩壁變成了煤礦，想當然這並非人工開鑿的。星期六，我們繼續前進，沒多久來到一個巨大的洞穴，寬約一百英尺，高達一百五十英尺，應該是受到劇烈地震而裂開留下的缺口。這裡的岩壁清楚記錄著這個煤炭層的歷史，地質學家一眼就能看明白了。

這個時期稱為中生代。當時地球酷熱潮濕，長滿茂盛的植物。不過那時地球的溫度並非來自太陽，而是地球內部蘊藏的高溫，使地表上彌漫著蒸汽。煤炭，就是大量植物慢慢沉積、礦化而成的。

我一邊思考著這些地質學，一邊跟著他們繼續走，幾乎忘掉路程的漫長和艱辛。在煤炭層中的行走一直持續到當天晚上，四周依然一片漆黑。到六點鐘的時候，突然出現一堵石牆擋在我們前面。**這竟然是條死路！**

「好極了！」叔叔喊道，「我知道該怎麼做了。這不是薩克努塞走的路。我們先休息一晚，明天返回兩條通道的岔口，走另一條通道！」

「可是我們快沒水了，要怎麼返回？」

「沒水，難道連勇氣也沒了嗎？」叔叔嚴肅的反問我。

我低下頭，不敢再說一句話。

回到通道岔口需要五天時間，但我們的水只夠再喝一天了。這段極度疲勞和口渴的行程，我不想多說，總之，等到七月七日星期二，我們以近乎斷氣的狀態折返交岔口，癱倒在地時，我的嘴唇已經發腫，幾乎失去了知覺。

後來，我感覺到叔叔走近我，用溫柔的口吻呼喚我的名字，我從來沒聽他這樣說過話。他拿起背在身上的水壺，湊到我嘴邊，讓我喝下。哦！一口甘甜的水浸潤了我乾涸的喉嚨。**我真不敢相信還有水！**

「這是最後一口！我一直為你保留著。」

我感動極了，同時恢復了說話的力氣：「我們沒水了，所以一定要回去。」

「回去？」叔叔語氣不悅對我說：「難道這口水沒有恢復你的勇氣？」

「怎麼了？難道您不打算回去？」

「讓我半途而廢我做不到！不然讓漢斯陪你回去，我一定要留下！」叔叔又恢復了往日嚴肅堅定的口氣。

漢斯在一旁看著我們爭吵，一言不發。我走過去，碰碰漢斯，用手指向出口，但他拒絕了。「**瘋子！**」我氣極了，拼命想把漢斯拉起來，「起來！必須回去，我們一起把他帶回去！」

叔叔看到我這個樣子，試圖勸我留下：「冷靜點，阿克塞，聽我說，我們現在最大的困難就是缺水，你昏迷的時候我去看過另一條通道了，那裡的岩石質地告訴我，如果向下走會找到水的。相信我，哥倫布發現新大陸的時候也是如此。堅持一下，再給我一天時間，如果找不到水，我們就回來！」

「好吧！但願您有這個運氣！您只剩下幾個小時挑戰命運了，我們出發吧！」我又一次被叔叔的堅定降服了。

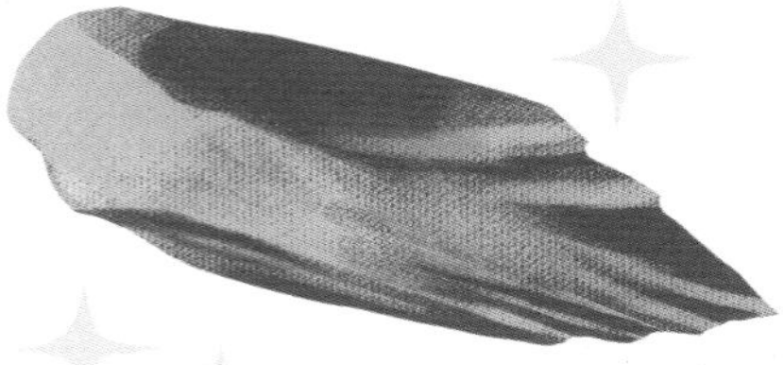

我們重新從另一條通道往下走，漢斯和叔叔走在前面。進入通道後叔叔就發現，這條通道是由原始岩石構成的，越往下，特徵越清晰。板岩層中有金屬礦物閃著光芒，板岩之後是片麻岩，接著是雲母，在燈光的照射下顯得異常晶瑩美麗。這條通道是在地球逐漸冷卻的年代，因地殼收縮斷裂而形成的，簡直是一座寶庫，無法被挖出地面的寶庫！

可是一直走到晚上八點，我們都沒有發現任何水源。我再也堅持不住，用盡力氣叫了一聲「**救命**」後，就癱倒在地了。叔叔轉身走過來，消沉的說了一句：「全都完了！」我看到他絕望的眼神，接著就暈了過去。

第七章　找到水源

等我醒來，發現叔叔和漢斯正裹著被子睡覺。我的腦中回蕩著叔叔最後那句話，現在我們都很虛弱，要回到地面簡直是不可能了。我被這種想法還有周圍的寂靜壓得喘不過氣，又昏昏沉沉的睡去。

後來，我被一些聲響吵醒，隱約看到漢斯拿著燈走了，我用沙啞的喉嚨大喊，但其實一點聲音也發不出來。我心底很恐慌，近乎絕望，如果嚮導拋下我們，一切就真的完了。

我使勁盯著漢斯移動的方向，發現他並沒有往出口走，而是向通道裡頭走去。我對自己剛才的想法感到羞愧，我不應該懷疑他的。

我開始想：「難道漢斯發現了什麼？在這安靜的夜裡，他是不是聽到了什麼細微聲音？」我的腦中盤旋著各種念頭，快要發瘋了！就這樣自我折磨了大約一個小時後，我又看到了燈光——

漢斯回來了！

他走近叔叔並把他搖醒，說了一個字：「水」。叔叔有些不相信。我激動的手舞足蹈，問：「哪裡？」

「就在下面！」漢斯堅定的回答道。

我們帶著被拯救的興奮之情，馬上展開行動。可是一小時後，仍然沒有看到水的蹤影，只聽見花崗岩壁後面傳來一股沉悶的聲音。我又開始煩躁了。

「漢斯沒有搞錯，這聲音就是水流聲，附近有地下河。」叔叔對我說。

有希望了，我們加快腳步。水流聲音越來越大，一會兒在頭頂上，一會兒在左邊咆哮奔騰。我們又走了半小時，但聲音越來越小，我們只好返回水聲最清楚的地方。可是石壁把水擋住了，該怎樣弄到水呢？我再次陷入絕望。

這時，漢斯站了起來，他把耳朵緊貼岩壁，似乎在找水聲最響亮的地方。接著他拿起十字鎬，我們都知道他準備怎麼做了，於是大叫出聲：「**得救了！**」

「**得救了！**」這個做法雖然可能會引發坍方或是洪水，但對三個瀕臨渴死的人來說，什麼都不能阻擋我們了。

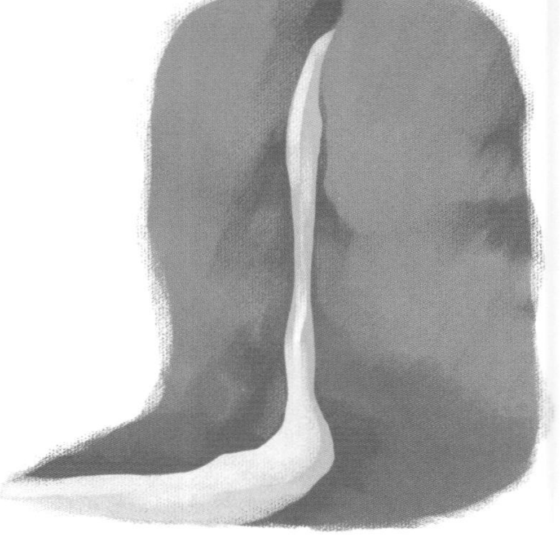

漢斯開始鑿壁，為免發生意外，他的動作謹慎小心。一個多小時後，他還在挖鑿，我們幾乎等不及了，就在叔叔想上前幫忙時，傳來了一道尖銳的聲響，接著一股強勁的水流沖了下來，幾乎把漢斯沖倒，他大叫了一聲。

我趕緊湊上前，想捧一把水喝，卻被狠狠燙了一下，水竟是滾燙的！我們等水流在腳下匯成小溪並冷卻後，終於喝到了久違的水啊！久旱逢甘霖，這種暢快真是不可言喻！而且從味道來判斷，這泉水應該富含鐵質，對於恢復體力很有幫助。

我們把這泉水稱為「漢斯小溪」，藉此紀念發現它的人。

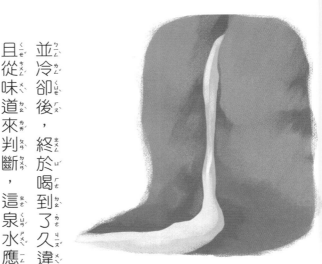

我們灌飽自己後，又把水壺全部裝滿。我試圖把出水口堵住，但水壓太大，水溫太高。叔叔說：「乾脆就讓它流吧，它能為我們引路、解渴。」

「這真是個好主意，有這『漢斯小溪』作伴，我們還有什麼理由不繼續我們的考察呢？」我又恢復了信心。

「你總算明白了。」叔叔高興的說。

我們找了地方過夜、休息，大家安穩的睡了一覺。

第二天，由於困難解決，還有礦泉水的神奇作用，我們充滿力量的上路了。我走得很起勁，有漢斯這個好嚮導，和我這個「堅定」的親侄子，叔叔怎麼會不成功呢？我的腦子充滿了這些美好的想法。

這條通道曲折蜿蜒，像一座迷宮，我因為有了溪水的陪伴，變得心情不錯，但叔叔卻惱怒不已，因為路一直水平延伸，沒有下坡的趨勢。

事實上我們也沒有其他選擇，如果我們正在接近地心，不管多慢，都是好的。只要發現溪水滾滾而流，就能知道前方有較陡的斜坡，我們也能很快的下降了。然而，這一天和第二天，我們都是平緩前進，並沒有下降多少。

七月十日晚上，我們腳下突然出現一口深井。叔叔測量它的傾斜角度後，開心的拍手說：「這可以讓我們往下走，裡面凸起的地方就是我們的梯子！」

我們按原先的方法用繩索下降。這條通道沒有任何火山爆發的物質流過的痕跡，我們踩踏的螺旋形梯子，簡直像是人工建造的。

十二日，我們已經在海平面以下十二點五英里。十五日，垂直深度達十七點五英里。叔叔每隔一小時就用儀器測量數據，並仔細記錄。當他告訴我，我們已經距離斯奈菲爾火山群有一百二十五英里遠時，我驚呼一聲！

「你怎麼了？」叔叔不解。

「如果您沒算錯的話，我想我們已經在冰島下方了。」

「你這麼想？」

我用圓規在地圖上丈量並解說道：「我們越過了波特蘭海角，往東南一百二十五英里就是大海底下，大海正在我們頭頂上呢！」

雖然這條通道彎彎曲曲，斜率也不斷變化，但是總體上它一直朝著東南方向，並且不斷下降，不久就把我們帶

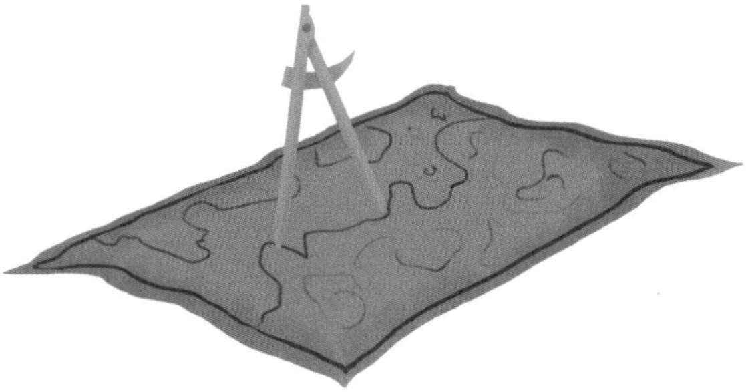

到了地下很深的地方。

三天後是七月十八日，我們在傍晚時分來到一個大洞穴。叔叔付給漢斯這一週的工資，並決定明天休息一天。

第二天醒來，我們並不急著出發，愉快的在這洞穴裡放假一天。我似乎已經不再想念地面上的世界了，叔叔則在吃完早飯後整理起他的旅行日記。

「我要測量一下現在的位置，回去後我準備畫一張路線圖，把我們行進和下降的角度註記在上面。好，看看羅盤上現在指著什麼方向？」

「東偏南。」我告訴他。

「好！」叔叔快速的計算著，「從水準距離來看，我們離斯奈菲爾火山群已經有兩百一十二點五英里了，而我們所在的深度是四十英里。」

「四十英里！這是地殼厚度的極限了！按照相關的理論，溫度應該高達一千五百度了。」

「可是你看，現在的溫度不過二十七點六度。所以我依舊相信學者戴維的理論，地球溫度隨著深度的增加而上升的說法是錯誤的。」我仍有些懷疑。我寧願相信，這是因為通道外部有熔岩覆蓋，而熔岩上有一層隔熱物質，阻止了熱量的傳入，但我還需要找到證據證明我的觀點。

「叔叔，我同意您的計算，不過我想做一個推論。地球的半徑大約是四千英里，我們用二十天才走完四十英里，這麼算起來，我們要花五年時間才能到達地心。」叔叔沒有出聲，於是我繼續說下去。

「再說，我們走四十英里還水平移動了兩百一十二點五英里，想要走到地心，我們就得往東南移動兩萬英里，那早就走出地球了！」

「鬼扯！你的假設有什麼根據！已經有前人做到了，我們為什麼不能？」

見叔叔又恢復他原本的態度，我只好不再出聲。

叔叔讓我看氣壓計，數據顯示壓力非常大。

「你會覺得難受嗎？」叔叔問。

「還好，只是耳朵有點疼。」

「你看，我們在下降的同時也適應了這種壓力。你只要快速呼吸，就能使肺裡的壓力和外界的壓力相等。」

「可是空氣密度會越來越大吧？」我問。

「是的，我們越往下，重量就越小，到達地心時就沒有重量了。」

「那我們要如何下降？我們會飄起來的。」

「可以在衣服裡裝滿石頭。」

叔叔是問不倒的，我不想再惹怒他。不過我知道，空氣在極大的壓力下會變成固態，那時還怎麼前進呢？至於叔叔信任的薩克努塞，我也可以輕而易舉的反駁：當時氣壓計都沒被發明出來，他是怎樣判斷他已經到達地心的呢？

不過我只能把這些想法藏在心裡，而漢斯看起來還是一臉的輕鬆自在，他從來不關心這些，只是聽由命運的帶引。

在這次談話後，兩個星期走得都算順利。因為有聰明的漢斯在，我們克服了許多難以應對的難題。可是他一天比一天沉默，我覺得我們也被感染了。外界事物對我們的大腦會起很大的作用，如果有一堵牆將我們和外界隔絕，人就會慢慢變得沒有思想，也不會講話了。這段期間沒什麼特別值得記錄的，只有一件事讓我印象深刻，想忘也忘不了。

八月七日，在連續的下降後，我們到達了七十五英里深的地方。這裡的通道不是很陡，我仔細考察著周圍的花崗岩，等我轉身一看，突然發現只剩我一個人！

我心想應該是我走得太快，把他們落在後面了。於是我開始往回走，並大聲呼喊，但是沒有任何回應，我開始慌了。又走了半個小時，除了我自己的聲音外，完全聽不到其他聲響。一個不好的念頭浮上心頭：「**難道我迷路了？**」

「好吧，好吧，這裡只有一條路，只要再往回走一點，就能找到他們的。也有可能是，他們忘記我走在前頭，發現我不在，也回頭去找我，那麼我走的速度就必須更快，才能趕上他們。」我不停的想辦法說服自己，但一會兒又忍不住懷疑：「我能肯定自己是走在前頭嗎？」應該是的，我回想著走散前的一些細節。對了，還有「漢斯小溪」可以指路，沿著它往上走就行了！

我想先在泉水裡洗把臉，讓自己清醒一下，但是當我彎下腰時卻嚇壞了。眼前根本沒有小溪，只有堅硬的岩石！

我無法描述我的絕望。我呆滯的摸著地面，拼命回想小溪是什麼時候不見的，但是我想不起來。對了，我可以順著腳印回去，但花崗岩上不會留下腳印啊！**我真的迷路了！**

我的腦中一片空白，絕望的呼喊著叔叔，我想他一定也在瘋狂的找我。我想起外面的世界，想起旅行中的種種，想到沒有人能救我，想到我的母親，想到上帝。最後靠著祈禱，我總算稍稍平靜了下來。

我想我的糧食和水都是足夠的，我必須往上走，找到「漢斯小溪」，它會指引我回到通道岔口，然後我就能回火山口了。接下來的半小時，我走得很順利，路上毫無阻礙，可是不久我就發現，這是一條死路！

我完全絕望了。在慌亂中，照明燈也被我摔在地上，我看著燈光漸漸暗去，黑暗慢慢占據整條通道，最後什麼都看不見了。我聽見自己驚恐的叫了一聲。

我不想死，於是發瘋似的在通道裡亂走，不停的求救，又不停的撞到凸出的岩石，弄得自己鮮血直流。

幾個小時後，我累得暈倒了。

第八章　絕處逢生

我恢復知覺時滿臉淚水。周圍依然是黑暗和死寂，我為自己仍活著而感到萬分沮喪，因為活著就表示我還要忍受死去的煎熬。

就在我感覺自己要再一次昏厥時，突然傳來一聲巨響，彷彿是爆炸的聲音。但一會兒又恢復了寂靜。我把耳朵緊貼石壁，希望再聽到一些聲響。這一次，我居然聽到有人說話的聲音。我不敢相信自己的耳朵，於是又仔仔細細聽了一會兒，真的有人在說話，只是聽不清楚說話的內容，不過我聽得出「迷路」這兩個字，而且還出現了好幾次。很顯然，說話的人不是叔叔就是漢斯。

於是我用盡全力喊出「**救命！**」，希望能聽到他們的回應，但過了好幾分鐘，什麼都沒有發生。是不是石壁太厚，我的聲音無法傳到他們那裡？那為什麼我能聽到他們的聲音呢？突然，我意識到我是因為把耳朵貼在岩壁上，才聽到說話聲，但是花崗岩這麼厚，聲音一定不是透過岩壁傳過來，那麼這聲音很

有可能是因為某種聲學效應，通過通道傳到這兒來的。

我心中燃起了希望，再一次仔細的聆聽，這一回我確定聽到叔叔的聲音。那麼，我也必須利用這種特殊的聲學效應來傳聲。我找到聲音聽起來最大的地方，盡量靠近岩壁，大聲叫道：「**叔叔！我在這兒！**」

等待的短短幾秒鐘，彷彿幾個世紀那麼漫長，終於，我等來了回音：「阿克塞？是你嗎，阿克塞？」

「是的！是的！我迷路了，叔叔！」

「可憐的孩子，你要堅持住！」

「我累極了，快沒有力氣說話了！」

「那你聽我說就好，我們一直在通道裡找你，我們以為你沿著『漢斯小溪』走下去了，但往下走卻一直找不到你，我因此流了不少眼淚。現在我們可以聽見對方，純粹是聲學效應，不過不要灰心，阿克塞，能聽見聲音就有希望。」

「好的，叔叔！」

「聽我說，我用計時器測量了你我的距離，按照聲速計算，我們相距不過四英里。我們現在所在的位置是一個大洞穴，我發現這裡的許多通道，都是從我們這個洞穴向外延伸的，只要你順著通道走，一定能回到我們身邊。」

我按照叔叔的指示馬上行動。斜坡很陡，我一路快速下滑。突然，我一腳踩空，身體不斷往下衝，最後撞到一塊岩石，失去了知覺。

等我醒來，發現自己躺在厚毯子上，周圍不再是一片漆黑，而叔叔就在我身邊，注視著我。一見我睜開眼睛，他激動的發出一聲歡樂的叫聲。

「他還活著！」叔叔把我摟進懷裡。漢斯也過來了，他看起來也很高興。

「我們現在在哪裡？」我很疑惑。

「明天再說，你現在只需要好好的休息！」

叔叔只告訴我，今天是八月九日星期天，我孤身一人過了三天。見到叔叔和漢斯後，我終於放下懸著的一顆心，再次沉沉睡去。

第二天醒來，我觀察了一下四周。這是一個洞穴，到處是美麗的石筍，還有一些光線灑進來。另外，我還聽見遠處傳來的風聲，還有……海浪的聲音？難道，我們已經回到地面了？

這時叔叔走了過來，他為我準備了早飯。叔叔告訴我，我掉下來時被岩石砸傷，多虧漢斯的藥膏，我才能恢復得這麼快。我感覺身體好多了，狼吞虎嚥了一通之後，就急著解開心頭的疑團。

「我們是怎麼回到地面的？」

「回到地面？當然沒有！」叔叔叫道。

「難道我的腦子撞壞了？我怎麼聽到了呼呼作響的風聲，還有海浪聲？」

「這個啊，我無法解釋，等你親眼看到，就會明白了，科學探索是永無止境的。」

好奇心驅使我努力的站起來，直直往外走，叔叔怕我著涼，想要阻止我：

「外面風很大，明天再說吧！明天我們就坐船。」

什麼？還要坐船？「坐船」這兩個字讓我很興奮，前面是一條河還是一座

湖呢？裡面是不是停著一條船？我的心早充滿各種疑問，什麼也不能阻止我，我一定要出去看一看。叔叔讓我穿上外套，但我顧不得這些，直接離開了洞穴。

起初我什麼也沒看見，因為在黑暗中待了好一陣子，我的眼睛遇見亮光就自動閉上了。當我再次睜開雙眼，眼前的景象讓我又驚又喜的叫道：「**海！**」

沒錯，我的眼前是一望無際的水面，細緻的沙灘閃爍金光，上面還散落著許多小貝殼。波濤起起伏伏，拍打著半月形的海岸，發出在巨大的密閉空間才會形成的聲響，浪花的泡沫則不時隨風揚起。在距離波浪六百英尺的微斜海灘上，有一大片高聳石壁矗立，直插雲霄，石壁下方的一部分延伸入海，形成海角。這是貨真價實的大海，只是十分荒涼。

頭頂上的「天空」，似乎是一片由水蒸氣形成的雲，雲層間有強光射下來，不過沒有溫度，讓人感覺很蕭索。我覺得雲層背後，仍是花崗岩。

這裡已不再是黑暗的通道，一道特別的光線照亮了一切。它不是陽光，不是月光，反而像北極光，照耀著這個足以容納大海的山洞。

這個洞大到無法估量，因為我們看不到盡頭，不知道它多寬、多高。可是我想不出更合適的名稱，所以只能叫它「**山洞**」。我不知道什麼理論可以解釋我眼前的景象，這個山洞是怎麼形成的？雖然我對地面上的著名山洞很熟悉，例如，哥倫比亞的大鐘乳洞有兩千五百英尺深，美國肯塔基州的山洞，遊客走進去二十五英里也看不到盡頭。但在這個洞穴面前，它們全都黯然失色。

我想讚美，想表達我的驚訝，但此刻我才發現自己的辭彙多麼貧乏。我只能說，這就好像在遙遠的星球上，看見了地球人無法言喻的一種奇觀。

眼前的一切讓我精神大振，幾乎忘了傷口的疼痛。叔叔建議我，和他一起去海邊散散步時，我一口答應，現在沒有比這更讓我感到開心的事了。

我們沿著海灘散步，左邊直立的岩壁上有瀑布傾瀉下來，構成一道道水幕，另外，還有許多小溪緩緩流入這片水域，我在其中認出了「漢斯小溪」，我想我會永遠記住它的。

在距離我們五百步左右的海灣拐角，有更奇特的景色吸引了我。那裡有一片廣袤的森林，森林的樹是傘形的，任憑風吹都沒有任何動靜。我快步走過去，站在這些植物底下時，我的感受除了讚歎還是讚歎！原來這是一片巨大的蘑菇林，每株蘑菇都高達三、四十英尺，數以千計，這些巨大的「屋頂」遮蔽了天空，底下一片漆黑。我們在蘑菇林中迂迴行走了半個小時，森林裡的植物除了蘑菇還有其他的樹木，都是地面上低等灌木的巨型版本。

「真是奇妙！真是驚人！」叔叔感歎道：「地球過渡期的植物都在我們眼前，你看，這些我們以為矮小的生物，在最初的時候是多麼高大啊！沒有一個植物學家能親眼目睹這些！」

「是啊！叔叔，上帝似乎有意把這些古代植物留在這裡。」

「不只植物，這裡還是一座動物園呢！」

我順著叔叔所指的方向，往腳下一看，「啊！是古代動物的遺骸！」我叫道，接著便開始仔細辨認，沙土中散布的一些遺骸：「這是猛獸的臼齒，這是大懶獸的大腿骨……」沒錯，這裡就是一座動物園，絕對不是地殼運動把牠們搬到了這裡，這些動物本來就生活在這座巨大森林中。

「但是，為什麼這個花崗岩洞穴裡會出現這些動物呢？四足動物是在岩漿

被沉積地層取代後才出現的呀！」我對叔叔說。

「要解釋這個很簡單，因為這裡就是沉積地層。」

「這麼深的地方怎麼會有沉積層？」

「這個也不難解釋，在某個時期，地殼是具有伸縮性的，當沉積地層受到地球引力下陷時，這一部分的地層從裂開的縫隙被擠壓了上來。」

那麼，**這座森林裡會不會還存在這些動物呢？**我們會不會意外撞見牠們？我有點累了，於是走到海角邊緣坐了下來，望向整片海灣。這裡就像一個港口，可以容納好幾艘小船。我甚至想像起，自己乘坐小船出海航行的情景。

然而當風聲靜止時，四周一片死寂，我這才意識到，我們是這個世界唯一的動物。我心中有很多疑問：這片海的盡頭是什麼？我們能到達對岸嗎？叔叔對這些問題的答案很堅定，但我還在各種奇怪的念頭中掙扎。

第九章　為出海做準備

第二天，我的身體已經完全復原。拋下對這片海、巨大森林，和這趟旅程的一切煩惱，我跳進這片特別的「地中海」，舒服的泡了一個澡，我想這對我的健康應該是有好處的。

吃早飯的時候，因為不缺水也不缺火，漢斯還幫我們準備了幾杯咖啡，我從未發現這種飲料竟然這麼好喝。

「現在漲潮了，我們要趁機展開研究。」叔叔說。

「什麼？漲潮？難道這裡也會受到太陽和月亮的影響？」

「為什麼不會？地球上的所有物體都要順從萬有引力，這片海當然也是。」

果然，我看到海水正往岸邊逼近。

「阿克塞，從這麼多的浪花看來，海水似乎會上漲十英尺。」

「叔叔，這太奇妙了！誰會想到地殼裡有片海洋，而且還有潮汐？」

「這很正常，沒有哪條自然定律說地殼裡不能有海洋。」

「是啊！除了地心存在熱量的理論以外。」

「現在看來，學者戴維的理論是正確的。」

「是的，叔叔。地球內部存在著海和陸地，就足以證明了。」

「只是沒有動物存在。」叔叔說道。

「是啊！為什麼海裡看不到魚呢？我們可以做些魚竿，看釣不釣得到魚。」

「當然要試試，我們要弄清楚這裡所有的祕密。」

「我們現在到底在哪裡？叔叔，我想您一定用儀器測量出來了。」

「在水平方向上，我們距離冰島八百七十五英里，羅盤顯示我們還在東南方位。不過我發現了一個奇怪的現象。」

「什麼？」

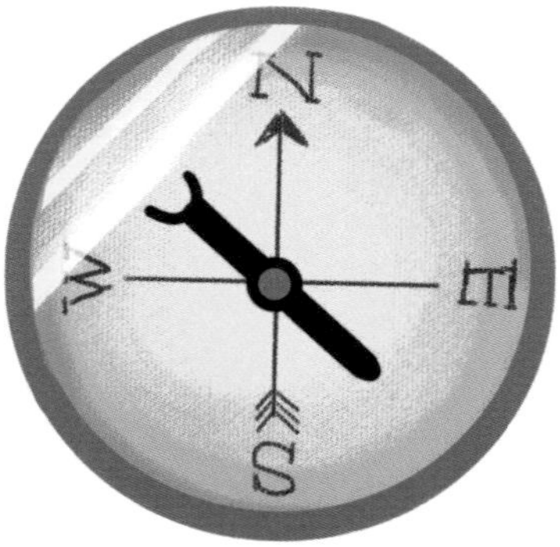

叔叔繼續說道：「羅盤指針不像在北半球那樣指著磁極，而是指向相反的方向。」

「這麼說來，磁極在我們所處的地方和地面之間？」

「沒錯，如果我們繼續朝磁極前進，也就是目前科學界認為的北緯七十度附近，我們可能會看到羅盤的指針垂直向上。這個引力的中心顯然沒有很深。」

「這是現在的科學家還沒有懷疑過的事。」

「科學本身會存在謬誤，但是謬誤會指引我們發現真相。」

「那我們目前在多深的位置？」我問叔叔。

「八十七點五英里，我們的頭頂是蘇格蘭山區。但多虧大自然這個偉大的建築師，我們看到的這個圓頂非常堅固，雖然上方承受著巨大的重量，下面中空而且有巨大的海洋在翻騰，卻不會坍塌。」

「我倒真怕它會塌下來，叔叔，我們什麼時候回去？」

「回去？怎麼可能！我還要繼續前進，我們的收穫一定會很多。」

「可是我們要怎麼樣才能鑽進海底呢？」

「用不著那麼做，如果這片海其實只是被花崗岩包圍的湖泊，那麼在對岸就一定有可以著陸的地方。」

叔叔一邊說著，一邊估算出到對岸的距離大約是七十五到一百英里。

「我們明天就出發。」叔叔下令道。

「可是船在哪裡？」我環顧四周，沒有發現任何可以渡海的工具。

「你聽到那些叮叮咚咚的聲音了嗎？我們的嚮導已經在行動了。」

叔叔帶我走向海角的另一邊，來到漢斯身邊，我大吃一驚！漢斯已經完成了一半的木筏，沙灘上還分散著許多其他組件。

「這些是什麼木頭啊？」我問。

「化石木。是各種生長在北方的樹木，在地底礦化後，變成的化石木。」

「那它們不會很重，重的浮不起來嗎？」

「有些會，但是這些木頭才剛開始礦化，不會太重。」

叔叔朝海中扔了一塊木頭，不一會兒它就浮起來了。

第二天晚上，憑著漢斯的技術，我們的木筏完成了。木筏平穩的漂浮在水面上，化石木的橫樑由堅實的繩索繫在一起，構成了很牢固的一大塊平面，約有十英尺長，五英尺寬。

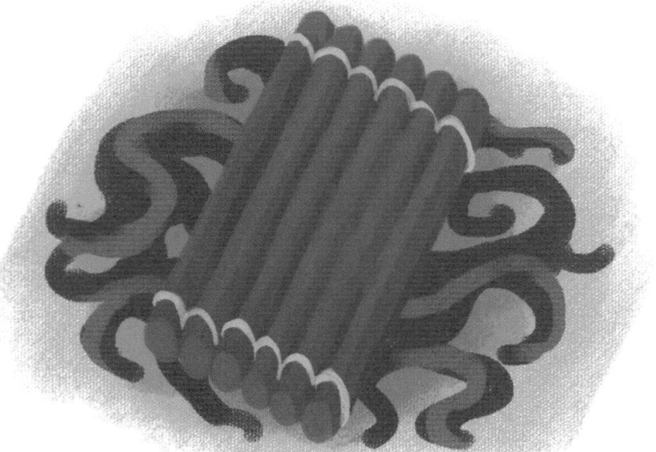

第十章　海上歷險

八月十三日早晨六點，我們帶著所有物品和大量取自小溪的水上船了。漢斯用旅行毯做了風帆，又在木筏上裝了舵，我把原本繫著木筏的纜繩解開，我們馬上離岸出發了。

叔叔建議我們為這座海港取的個名字，「就叫它『格勞班港』吧！寫在地圖上會很討人喜歡。」我馬上脫口而出。這樣一來，我這位心愛的姑娘就能和我們這次成功的遠征連繫在一起了。

大風從北邊吹過來，我們借助它的力量迅速前進。「照這樣的情形，我們一天就能走七十五英里，很快就會到對岸了。」叔叔說。

我坐在木筏前面，注視著周圍的景色。眼前伸展著一片廣闊的大海，一片片雲朵投下陰影，過了不久，所有的陸地就從我們的視線中消失了。我以為我們會一直順利的前進。

到了中午，大片的海藻出現在木筏周圍。它們一團團、一片片，綿延無盡，我們只能沿著它們走，卻始終擺脫不了它們。到了晚上，空中的光線仍然在閃爍，為我們提供了源源不絕的光亮。在叔叔的要求下，我鉅細靡遺的紀錄了航海日誌，以下文字就是日誌內容的忠實呈現。

八月十四日星期五，東北風。我們行進了七十五英里，海平面上什麼都看不到。天氣很好，氣溫是攝氏三十二度。中午漢斯用一小塊肉當餌，開始釣魚，花了兩個小時後，他真的成功了。

「一條魚！」叔叔喊道。

我覺得這是鱘魚，但叔叔不同意，他仔細檢查後認為，這是一種已經在地球上滅絕了幾個世紀的魚種，目前在地面上只剩化石存在了。

「什麼？我們釣上來一條原始魚種？」

「沒錯，這應該屬於……硬鱗目……翼鰭屬，很顯然牠是生活在海底深處的魚種，因為，牠是瞎子。」

我看了一下，果然是這樣。在接下去的兩個小時裡，我們釣到了更多的魚，而且都沒有眼睛。牠們是很好的食物補給。

我想，我們有可能遇見更多的遠古動物。我用望遠鏡看向天空，為什麼這封閉的空間裡，沒有鳥兒在飛翔呢？魚可以供應牠們需要的食物啊！沉浸在這樣幻想中，我的思緒飄到了美妙的古代生物世界，我彷彿在海面上看到巨型海龜，海灘上有短角獸在活動；更遠處是巨大的乳齒象晃動著牠的身軀，樹上則有世界上最早出現的猴子——原猴；再向高處，還有翼手龍揮動著牠長著爪子的翅膀，在空中翱翔。

遠古世界就這樣在我的腦海中鮮明的復活。我的思緒飄到了創世紀，那是距離人類出現很久以前的世界。地球演化在我眼前重播：哺乳動物消失，然後是鳥類和魚類，再來是甲殼動物、軟體動物，過渡時期的生物也漸漸化為烏有。

地球本身散發著巨大熱量，所有植物都是巨型的，我走在高達一百英尺的石松樹蔭裡。然後植物不見了，花崗岩不再堅硬，固態的地表變成了液體，整個地球就是一個巨大且灼熱的氣團。這個氣團比它後來的樣子大了一百四十萬倍，我在它的內部被帶入宇宙，我的身體越來越小，最後成為一顆原子，穿過這個著了火的氣團，在宇宙間劃出一道軌跡。

這是多麼驚人的夢境呀！在強烈的幻想中，我已經忘了自己身在何處。

「小心，你要掉下去了！」突然，我意識到漢斯緊緊的抱住我。多虧他，不然我就要被海浪捲走了。

「你瘋了嗎？」叔叔很不解。

「不，我只是做了個白日夢。」

「醒醒吧！我們很快就要抵達對岸了。」

聽到這句話，我站了起來，向前方望去。然而，我看見的依舊是無邊無際的海面，和海相接的只有天上的雲。

叔叔戴著眼鏡四處張望，交叉著兩條胳臂，他又犯了心急的毛病。在我病倒的時候，展現過一點點的溫柔，又變回那副很氣惱、很不耐煩的樣子了。

「叔叔，你好像很著急。但是我們的速度已經很快了。」

「我不是嫌速度慢，是嫌海太大！」

叔叔的推算錯了，他之前估計海的寬度大概只有七十五英里左右，但現在我們已經航行了三倍的距離，仍然沒有到達終點。

「這是浪費時間，我們根本沒有下降。我可不是為了在池塘裡划船來的！」

「可是我們確實走了薩克努塞走過的路……」我說。

「是嗎？他當初也經過這片海？還是『漢斯小溪』把我們引錯路了？」

「不管怎麼說，我們至少來到了一個風景優美的地方……」

「別跟我提什麼風景，我可不是來看風景的。」

八月十六日星期天，大海仍看不到邊際，絲毫沒有出現一點陸地的影子。

八月十七日星期一。情況依舊不變，光線還在，岸邊還是離我們很遠。

為了測量水深，叔叔用一條一千兩百英尺長的繩子，捆住我們帶來的十字鎬後放下水。但鎬子碰不到底，最後我們花了很大的力氣才把它拉回來。鎬子拉上來時，漢斯發現它上面有兩個很深的夾痕。他用丹麥語說了一個詞，我一開始沒聽懂，而叔叔只顧著自己思考，沒有理會。漢斯又重複了好幾遍，我才反應過來，他在說「**牙齒**」！

我拿起鎬子仔細看了一下，真的是牙齒印！難道說真的有什麼遠古猛獸生活在這片海裡？一整天我都在想著這道牙齒印。

八月十八日，星期二。我試著回憶侏儸紀時期動物的特點，當時，地球上的海洋被巨型爬行動物占據，雖然沒有人見過牠們，但根據發現的化石，科學界研究出牠們碩大的體型結構。我在漢堡博物館看過一具長達三十英尺的古代爬行動物骨骼，現在的鱷魚、蜥蜴和牠相比，根本不值一提。

我驚恐的盯著海面，難道我們要和這樣的生物碰面了？叔叔雖然沒有我這麼害怕，卻也意識到了危險的存在，不停的用眼光掃視海面。

八月十九日，星期三。在天空依然明亮的夜晚，睡意向我襲來。兩個小時後，一陣可怕的震動把我驚醒。木筏被一股巨浪頂起，推到了一百多英尺外。

「怎麼了？是不是觸礁？」叔叔喊道。

漢斯指著遠處，叫我們看向四百公尺外的海面上，一大團黑色的東西正不斷起伏著。我盯著牠叫道：「大海豚！」

「對！」叔叔說：「遠處還有一隻巨型的海蜥蜴！」

「那裡還有一隻鱷魚，你看牠有多大！」

「鯨魚，一頭鯨魚！」只見鯨魚的頂部噴出一道高大的水柱。

這群海獸大的嚇死人，更要命的是，牠們正迅速朝我們逼近。漢斯急忙轉舵，想要逃離，但另一邊還有巨型海龜和海蛇等著我們。

這些巨大動物離我們越來越近，我拿起槍，可

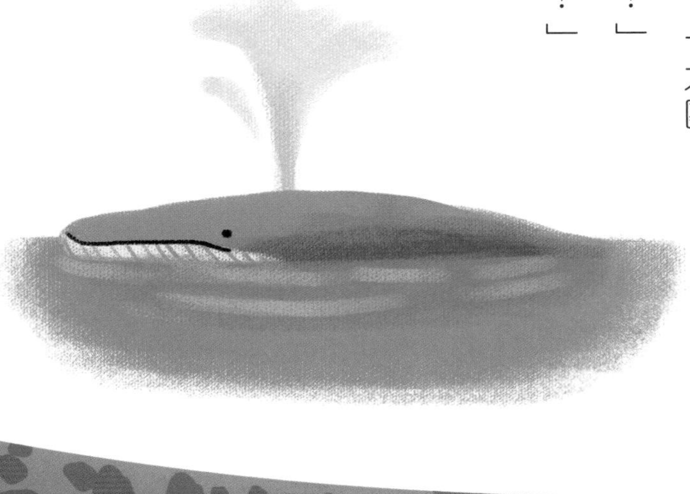

是牠們身上有堅硬的鱗片和甲殼，不知道槍傷不傷得了牠們。

我們嚇得幾乎不敢呼吸。**來了！**一邊是巨型海蛇，一邊是海蜥蜴，剛剛看見的其他動物都不見了。我正準備開槍時，漢斯制止了我，兩頭巨獸掠過我們，在離木筏五百公尺遠處，朝對方撲去，展開搏鬥。

突然，其他巨獸也游過來了，我慌張的指給漢斯看，他卻說：「兩頭。」

「什麼？只有這兩頭？」

「漢斯說的沒錯，」叔叔用望遠鏡觀察後回答：「這一頭長著大海豚的嘴、海蜥蜴的頭、鱷魚的牙齒，叫做魚龍，是遠古時代最可怕的爬行動物！」

「那另一頭呢？」

「另一頭長著龜殼的海蛇，叫做蛇頭龍，是魚龍的死敵。」

兩頭遠古怪獸把海面攪得天翻地覆。魚龍的眼睛和人頭一樣大，從牠豎起的尾鰭估算起，身長應該有一百英尺。而蛇頭龍的身體鱗片遍布，脖子高高伸出海面，長約有三十英尺。牠們纏鬥在一起，掀起一個又一個滔天巨浪，我們的木筏有好幾次差點被擊沉。

一個小時，兩個小時，戰鬥持續著，我們不敢鬆懈，隨時準備開槍。

突然，兩頭怪獸一起潛入海底，海面形成一個巨大的漩渦。可是平靜了幾分鐘後，一個巨大的腦袋猛然伸出海面，是蛇頭龍，牠的長脖子不停的抬起、落下，蜷曲、繞圈，掙扎了一會兒後，就一動也不動了。

騷動消失了。勝利者魚龍呢？牠並沒有再出現在我們的眼前，但不知道牠是不是回到了海底的洞穴？還會不會又到海面上來？

第十一章　風暴來襲

八月二十日，星期四。在大風的幫助下，我們很快的離開了遠古巨獸搏鬥的戰場。旅行又變得無聊起來，不過這樣才最安全。

八月二十一日，氣溫很高。中午的時候，遠處不斷傳來一種低沉的聲音。

「這是海水拍打在岩石上的聲響。」叔叔說。

漢斯爬上桅杆眺望，卻沒有任何發現。

我覺得那是一座瀑布，叔叔卻不這樣認為。三個小時過去了，我們繼續朝著發出聲音的方向駛去，難道我們要墜入深淵了嗎？

我注視著海面，它還是原來的樣子。假設前方真的有一座瀑布，那麼海水應該會越流越快，但是我扔了一個瓶子下去，它只是隨著水波漂蕩。

大概四點鐘的時候，漢斯又爬到桅杆頂端，他向四周環顧了一下，最後他的視線停留在某一點上。

「那邊。」他指著南方說。

「你看到什麼了？」我問。

漢斯拿起望遠鏡，仔細觀察了一分鐘後，說道：「巨大的水柱。」

「難不成又是什麼怪獸？」

「可能。」

「那我們就朝西走吧！大家都不想再碰見那些遠古生物了吧？」

「不，繼續向前。」叔叔說。

漢斯聽從叔叔的指示，穩穩的掌著舵。

雖然我們離牠還有三十英里，可是現在就已經能看到水柱了，表示這頭怪獸的體型肯定非比尋常。但我明白我們不是為了尋求安全而來到這裡的。

晚上八點的時候，我們離怪獸只剩五英里了，現在已經能看到一個橫躺在海裡的巨大黑影。這絕不是幻覺，我感覺牠應該有一英里高，看起來好像睡著了，卻仍持續向上噴出五百英尺高的水柱。我心裡非常害怕，恨不得立刻割斷

帆索，阻止我們的木筏前進。

突然，漢斯站起來指著怪獸說：「**島！**」

「這是一座島！」叔叔喊道，接著開始哈哈大笑。

「那麼，那水柱又是什麼？」我問。

「噴泉。」漢斯回答。

「沒錯，就像陸地上的噴泉一樣！」叔叔補充說。

我不得不承認自己犯了一個簡單的錯誤，出現在我眼前的確實是一座島。這座島像一頭將頭伸出水面七十英尺的鯨魚，噴泉的廣度相當驚人，巨大的水柱帶著團團水氣，直衝雲霄。水珠在光線的映照下，散發出彩虹色的光芒。

漢斯操縱著木筏，繞過水柱，我們終於安全的抵達島的另一端，上岸了。

腳下的花崗岩溫度很高，在我們的腳下抖動著，整片土地像是滾燙的沸水，充滿熱騰騰的蒸汽。島的中央有一塊盆地，泉水就是從這裡噴發出來的，我們測量了一下，水溫有一百六十三度，這與叔叔的理論正好相反。

「可是這又能證明什麼呢？」叔叔依然頑固。

但我相信，如果我們一直走下去，一定會到達溫度極高的地區。噴泉水柱時強時弱，經過觀察後，我把它歸因於地下水蒸氣壓力的變化。

我們在島上的這段期間，漢斯負責整理木筏的工作。叔叔用我的名字為這座島命名後，我們回到木筏上，重新出發，沿著南端岩石矗立的岸邊前進。

我們已經離開格勞班港六百七十五英里，現在距離冰島一千五百五十英里，位於英國的下方。

八月二十二日，星期六。我們遠離了阿克塞島，那壯麗的噴泉已經不見蹤影，也漸漸聽不見隆隆的聲音了。

似乎要變天了——如果這裡的環境可以被稱之為天氣的話。大氣裡明顯充滿了電，南方出現團團積雲，像吸水的棉花慢慢脹大，越來越重，空氣很沉悶，海面則很平靜。我覺得天空正在醞釀一場暴風雨。

「天氣看起來不大好。」我對著叔叔說，設法平復自己緊張的情緒。

叔叔只是聳聳肩，沒有回答。

雲層越壓越低，風也變小，一片死氣沉沉，暴風雨準備來襲了！我看著帆，想到這玩意兒會帶給我們危險，於是說道：「我們應該把桅杆放下來。」

「**不行，絕對不准！**」叔叔叫喊起來：「就讓它掛著，這樣風暴才會把我們帶到岸邊，我才不管木筏會不會粉身碎骨！」

話才說完，突然刮起狂風，天色越來越暗，暴風雨來了！我們的木筏被風浪掀起，叔叔差點摔倒，我趕緊爬過去扶住他。漢斯一動也不動，看起來就像一尊雕像。我們的帆被吹得鼓鼓的，就快要脹破了，木筏因此疾速前進，我急得大叫：「帆！帆！把它拉下來！」

「不行！」叔叔回答。

木筏朝著大雨交織而成的簾幕前進，我們無法控制方向。天空雷電交加，整片大海都沸騰了起來，水蒸氣非常熱，還有冰雹打在木筏上，匡匡作響。強烈的光線讓我睜不開眼睛，巨大的雷聲幾乎令我耳聾，而船上的桅杆竟如蘆葦般，被狂風吹彎了！

八月二十三日，星期天。木筏繼續被暴風挾著前進，氣溫越來越高，不時爆炸的雷鳴聲，超過人類耳朵能夠負荷的程度，我們的耳朵在流血，快聽不見對方說話了。電光依舊閃耀，波濤依舊洶湧，我不知道我們將漂向何方。

八月二十四日，風暴依舊。到了中午，暴風雨更激烈了，我們把所有的物品，還有我們自己，都綁在木筏上。我似乎聽到叔叔在說：「我們完了！」但是海上的轟鳴聲讓我不敢確定。

我在紙上寫道：「把帆降下來。」叔叔總算同意了。

但我們還來不及行動，桅杆和帆就一起被暴風捲走了。突然，一顆帶著電光的火球飛過來，把我們帶的所有鐵器都磁化了，火球先是跳到我們的食品背

包上，再朝漢斯飛去，他連忙躲開。接著，它又朝我飛來，我想躲，但是我的腳被固定在木筏上了，我拼命掙扎，就在它要砸中我的那一剎那，我終於掙脫了繩子。結果，火球撞到船板爆炸，一下子化作無數火星，真的完了！正當我們感到絕望之際，想不到，火球和船上的火光瞬間消失得無影無蹤，彷彿什麼也沒發生過。我看了看四周，叔叔無力的平躺著，而漢斯仍堅強的掌著舵。

八月二十五日，星期二。我在昏迷中感覺到木筏還在全速前進，突然一個響聲傳來，似乎有什麼東西撞擊到岩石……

木筏撞到了礁石，我感覺自己被甩進海裡，所幸漢斯把我拖了回來，讓我免於一死。漢斯把我和叔叔安頓在滾燙的沙灘，又轉身去救落水的物品。

暴風雨沒有停下的跡象，我們只好找一個岩洞作為遮蔽。整整三天三夜都沒有休息的我們，就這樣筋疲力盡的睡去。

第二天，一切重回平靜，天氣格外晴朗。我醒來看到叔叔時，心情非常愉快，還以為我們已經回到漢堡的家了。可是理智馬上就告訴我，我們還在地心！唉！為什麼暴風雨不把我們直接送回德國呢？

「我們終於到了，孩子，我太高興了！」

「我們到達終點了？」

「不，是到達大海的另一端了，現在我們要繼續踏上陸地，向地心前進。」

「可是，叔叔，我們到時候要怎麼回來呢？」

「我們都還沒走到底，你就想要回家了？」

「我只是在問您打算用什麼方式回去。」

「這簡單，抵達地心後，我們不是沿著原路返回，就是另外再找一條路。」

「可是我們還有足夠的物資嗎？」

「我們有厲害的漢斯在，他把大部分的東西都救回來了。」

果然，漢斯已經把我們的東西都整齊的擺放在岸邊了。我們失去了槍支，但所有的儀器都還在，這讓叔叔非常高興。我們的食物也完好無損，剩下的分量還夠我們吃四個月。

「這夠我們走完全程了！現在我們要把水窪裡的水收集起來。至於木筏，雖然漢斯正在修理，但我想我們用不到了。」

「為什麼？」我很驚訝。

「我們不會原路返回的。」

叔叔根本瘋了，但他說這些話的時候，神情卻一派輕鬆。

接著他帶我到一塊高地上吃早飯。好久沒有這麼愉快的吃飯了，雖然吃的還是餅乾、乾肉，但我已經心滿意足。我邊吃邊問叔叔我們的具體位置。

「要精準的說出位置很難，在這三天的風暴中，我們無法記錄木筏的方向和速度，所以只能大致估算。」

我和叔叔開始計算，以每天在風暴中航行兩百英里來看，我們很可能已經橫渡了這片海，這樣算起來，這片海的面積大約與地中海旗鼓相當。

「如果我們估算正確，那麼現在地中海就在我們頭上，因為我們現在離雷克雅維克大約有兩千三百英里。」我說。

「照理說，只要我們航行的方向沒變，這個估算就是正確的。」叔叔說。

「這個簡單，只要看一下羅盤就行了。」

我們回到擺放儀器的地方，叔叔拿起羅盤，看了一會兒，然後吃驚的轉身。我接過來一看，怎麼回事？我們期待它指向大海，但指北針一直指著陸地！我仔細的檢查羅盤，但它仍「不改初衷」。

一定是我們沒有注意風向的改變，而它把我們送回了出發的海岸。

我無法用言語或文字描述叔叔一連串的情緒變化——驚訝、懷疑，最後是生氣。我從來沒看過一個人被嚇一跳之後，如此激動的反應。渡海的疲乏、遭遇到的種種危險——這些經歷我們還要再次飽嘗一遍嗎？難道，我們承受的一切苦難，全都白費了？

但叔叔很快就振作起來了，他喊道：「好吧！大自然的一切都在跟我作對，我倒要看看，人類和自然到底誰會勝利！」叔叔顯然被激怒了，他站到岩石上，語氣咄咄逼人，就像在藐視一切事物，彷彿想和上帝作對。

我必須勸勸已經被憤怒沖昏頭的叔叔：「凡事都必須有個限度，我們的航海裝備太差，根本無法應付海上的風暴，要再航行一次簡直是異想天開！」我列舉了好多理由，想要阻止叔叔，但他什麼都聽不進去。

這時候漢斯已經修好了木筏，叔叔指示他做好再次出發的準備。漢斯唯命是從，我一個人又怎麼說得動他們倆？可是等我坐上木筏，叔叔又改變了主意：「我不能就這麼走，我得好好把這海岸瞭解清楚。」

原來，這地方並非我們出發的格勞班港，叔叔自然不願錯過這個機會，對這個新環境仔細探勘一番。

我們踩著貝殼，朝海岸上的一座懸崖走去，估計得花半小時才能到山腳。沿途的地貌顯示，這塊土地曾經被海水淹沒。而我想，這片地底的海洋應該是地表海洋通過一些縫隙滲漏下來形成的，但是後來這些縫隙被堵住了，同時，這裡的海水被蒸發掉一部分，形成了頭頂的雲層，氣流則導致了風暴的產生。我對這個自圓其說的理論很滿意。

走了大約一英里，我們來到一片平原，這裡堆積著兩千多年以來，各種動物的遺骸，無聲的講述著一部完整而豐富的遠古動物史。

我驚呆了，叔叔也是，他咧開嘴，眼睛炯炯有神。對一位優秀的地質學家來說，怎麼可能不對這些無價之寶感到興奮呢？這裡有乳齒象、翼手龍、原猿、短角獸……等等。在穿越這片「墳場」的半路上，叔叔找到了一個頭蓋骨，他用顫抖的聲音喊道：「阿克塞，一個人頭！」

「**什麼？一個人頭？**」

第十二章　叔叔的演講

一八六三年三月二十八日，在法國南部的一座礦場中，挖掘出一塊人類顎骨，這個發現震驚了整個歐洲。包括我叔叔在內，許多歐洲學者都一致認定，這是一塊第四紀時期的人類化石。這說明早在第四紀，人類就已經存在了。但是這個結論卻遭到一些學者的反駁，他們認為那塊顎骨並沒有這麼古老。事實上，在我們出發前往地心後，歐洲又出土了一些第四紀的人骨，甚至還發掘出更早期的人骨，證明人類歷史已有十萬年之久。如此說來，叔叔此時的興奮和驚奇就可以理解了。

接著，叔叔又在不遠處發現了一具乾屍，可能是這裡的特殊土質完好的保存了它。我們把這個人體標本豎立起來，叔叔竟開始用教授的口吻講起課來：「先生們，我很榮幸的向大家展示這個第四紀的人體標本。有很多著名學者否認它的存在，但當他們親手觸摸到它時，他們將承認自己的錯誤。」他引經據

典，列舉了許多歷史上著名的古代人骨的發掘事件與分析報告，雖然說到難唸的字就會口吃，但這絲毫沒有削減他的熱情。

「在這裡，面對一具看得到、摸得著的人體標本，還否認第四紀人類的存在就是蔑視科學。」他邊說邊擺弄著人體標本，繼續說道：「看到了嗎？他身長不足六英尺，從種族的特徵來說，肯定是高加索人，而且它與我們一樣，顴骨、顎骨都不突出，我敢說這一定是印歐人種！這是一具和古代巨象同時代的人類化石。為什麼會在這裡發現它，我無法回答，或許是地殼運動讓部分地面沉降導致的結果。總之，我們無法否認這裡確實有人骨存在，除非他和我一樣，是為科學獻身的旅行者。所以遠古時代就有人類了。」發言完畢，我熱烈鼓掌。叔叔的演說有憑有據、條理分明，讓人很難反駁。

我們幾乎每走幾步路就能發現這樣的乾屍，這足以說服那些不肯相信這個觀點的人。但是有個很重要的問題，我們還是無法回答：這些人和動物，是因為死後受到地殼運動影響而來到這裡，還是一直在此生活直到死亡的呢？

急切的好奇心驅使下，我們在屍骨堆上又走了半個小時。這裡會不會還有什麼科學寶藏，等著我們去發現呢？

海岸已離開我們的視線範圍，我跟著不怕迷路的叔叔一直往深處走去，我們靜靜的前進著，沐浴在奇異的電光裡。這道電光的存在讓人難以解釋：電光散布得很均勻，將每樣東西的每一面都照得一樣光亮，而且電光不是來自同一固定點，被照射到也不會產生影子。所有水蒸氣都已不見，這裡看起來就像赤道地區的中午，我們也彷彿成了沒有影子的奇妙人物。

走了一英里後，我們來到一大片森林的邊緣，這裡是第三紀植物的天然博物館。地表上早已消失的樹種密密麻麻的靠在一起，地上有著一層厚厚的地衣和苔蘚，溪流在樹下緩緩流淌。然而這裡缺乏

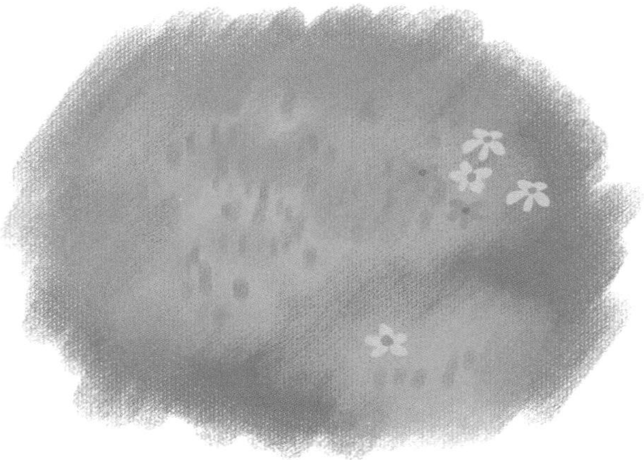

陽光的照射，樹木幾乎沒有綠色，花朵也不會散發香味，顯得無精打采。

叔叔毫不猶豫的在樹叢間邁步走著，我看到許多豆科植物、楓樹，還有許多灌木。接著我們又看到許多在地表上分布於不同地區的樹木：澳洲的桉樹、挪威的松樹、俄羅斯的樺樹、紐西蘭的杉樹……等等，現在它們全都長在一塊兒了。我突然停下腳步，拉住叔叔。透過樹木間的空隙，我清楚的看到那邊有許多龐然大物在行進，我聞到牠們的氣息，聽到牠們啃食植物的聲響。不是化石！**牠們是活生生的乳齒象！**

我想拉著叔叔往回走，不想變成這些巨獸的食物！叔叔卻說：「往前走。」

「不！您想被牠們吃掉嗎？快回去吧，叔叔！」我近乎哀求的說道。

「不是這樣的，阿克塞，我看到那邊有人！一個人！」叔叔小聲的對我說。

我不相信，但事實勝於雄辯。

在不遠處，果真有一個人，不過他跟我們不一樣，是個巨人！他的身高大約有十二英尺，腦袋被亂蓬蓬的毛髮遮蓋。他揮舞著動物皮製成的鞭子，正在看管象群，原來這是一位遠古的牧人。

「快走！」我拉著叔叔拼命往回跑，一刻鐘後，我們成功逃離了那裡。如今事情已經過去了好幾個月，我終於可以冷靜的思考這個巨人是怎麼回事了。他是人類嗎？**地心居然有人類居住？**我倒認為牠是一種古猿，雖然沒有任何一本書記載過如此巨大的猿。反正我不相信，絕對不是人類！牠只是隻猿，是隻猿，這裡不會有人！

我和叔叔驚恐的奔跑著，腦袋一片空白。最後我們來到一片陌生的土地，周圍的環境與格勞班港相似，但細看又不大像。

「我想我們繼續沿著海岸走的話，就會回到格勞班港。」我對叔叔說。

「如果是這樣，我們就沒必要往前走了，不如直接回到木筏上。」叔叔說。

「我不敢確定，但是那個海角似乎就是漢斯造木筏的地方。」

「如果你說的沒錯，那應該多少可以看到我們之前的足跡，但是……」

「我看到了！」我朝著沙灘上一個發亮的東西跑過去——是一把匕首。

「叔叔，這應該是您帶的匕首吧？」我想當然的說。

「不，這不是我的。」

「這也不是漢斯的，我從沒見他用過，當然也不是我的。那……」

「阿克塞，你先別出聲，讓我看看……」叔叔壓低了聲音說：「這是一把十六世紀的武器，匕首上的缺口顯示，它躺在這裡應該至少一、兩百年。」

「一定有人在我們之前來過這裡！」我叫起來。

「沒錯，這個人一定用匕首留下了他的名字！他會為我們指路！」於是我們沿著岩壁勘察，岩壁中有許多縫隙，說不定其中一條就是通往地心的通道。

「在這裡！」叔叔叫我過去。我靠近他，看到兩塊岩石的中間有個洞，洞口的花崗岩上出現了熟悉的盧恩文字母。

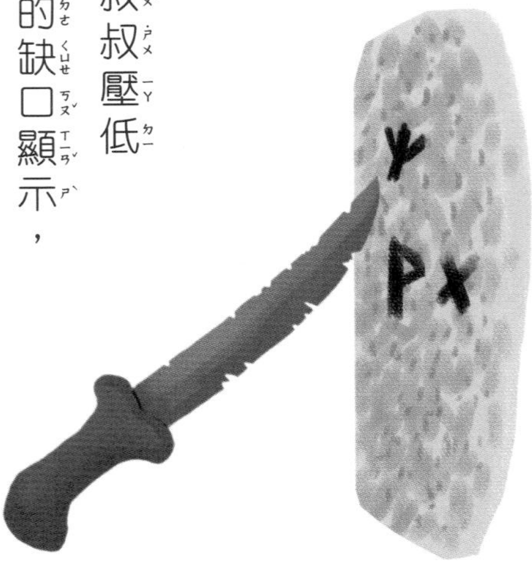

「**阿爾納・薩克努塞！**」叔叔叫道。我以為自己已經對不斷出現的奇異事物麻痺了，但這一次我還是嚇到了。我沒有理由再懷疑薩克努塞的旅行了。

叔叔對這個名字嘖嘖讚嘆：「了不起的天才啊！是你一直指引我們前進，你把進入地心的機會留給了後人。我也要留下我的名字，但是這個海角將永遠以你的名字命名——薩克努塞海角！」

我被叔叔說的話感染了，覺得心裡有一股熱氣在迴盪，「前進吧！」我叫道：「我們也要完成前人的旅程！」

一向容易衝動的叔叔這次卻勸我了，他表示要保持冷靜：「我們先回漢斯那邊，把木筏駛過來。」

回去的路上，我對叔叔說：「我覺得上天很眷顧我們，是祂用風暴把我們帶過來，否則我們永遠都看不到薩克努塞刻的名字了。」

「是啊！我們本來是向南航行的。我無法解釋，或許這就是命運吧！」

「我們現在應該再往北走，走到瑞典、俄羅斯的地底去。」

「對，這片海無法帶我們到目的地，我們應該繼續往下走，往地心走！」回到原處，漢斯已將一切準備就緒。三小時後，我們在薩克努塞海角上岸。

我急著進入那個岩洞，但叔叔說得先勘查四周環境。我們把船固定在岸邊，然後走到洞口，它的寬度大約是五英尺，表面有火山噴發過的痕跡。走進去沒多久，我們就被一塊岩石擋住了去路。漢斯用燈照了一圈，卻沒有發現出口。

「薩克努塞是怎麼過去的呢？」我失望的坐在地上，憤怒的叫道。

「難道他也被擋住了？」叔叔回答。

「不對，這一定是地震之類造成的，在薩克努塞來過之後才變成這樣。洞口有火山岩漿流過的痕跡，說明這條通道曾經是可通行的。你看，岩石頂部有一些看起來比較新的裂紋，這一定是從洞穴上方掉落時造成的。只要把這塊岩石敲開，我們就能繼續往前走！」

我開始像叔叔那樣吼著說話了。我已經忘記之前的險境，也忘記地面上的生活，此刻我的大腦完全被探險的欲望占據了。

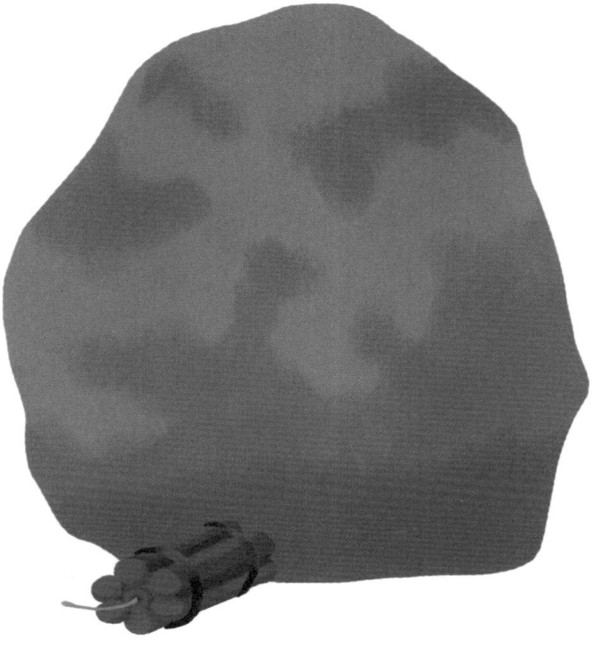

「那麼我們就用鐵鍬把這石頭敲開吧。」叔叔說。

「岩石這麼硬，光靠這些工具是行不通的！我們應該用炸藥！」

「炸藥？」

「對！只要炸掉一小部分就好！」

叔叔接受了我的提議，讓漢斯開始準備，我積極的在一旁幫助漢斯。半夜，我們終於把自製「地雷」埋好，現在只要一點兒火花就能讓它爆炸。

不過叔叔說：「明天。」所以我不得不再等六小時！

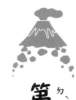

第十三章 繼續向下

第二天，八月二十七日，星期四，我會把這個偉大的日子銘記在心。從這天起，我們的理智完全被探險的狂熱取代了。

早晨六點，我們起身準備爆破，我自告奮勇做點火手。導火線燃燒大約十分鐘後就會爆炸，我懷著激動又忐忑的心情，拿起燈點燃導火線，然後迅速跑上木筏，漢斯立刻將木筏駛離海岸，以免被爆炸波及。

五分鐘後，炸藥發揮作用了。我們沒有聽到很大的聲響，卻看岩石像帷幕一樣打開，出現一個深不可測的洞穴，巨大的波浪把我們托舉了起來。剛才的爆破造成了地震，海水的洪流往地洞猛灌，我們也被捲了進去。

不知過了多久，我們只感覺到木筏撞擊在岩壁上的劇烈震動。我們緊緊抓住彼此，以免掉到木筏外面。木筏以飛快的速度向下墜，我們僅存的一盞照明燈也被震滅，幸好聰明的漢斯又把它點亮了。

地洞裡的通道很寬，水面像射出去的一排水箭，木筏就這樣被水流挾帶，以大約四百英里的時速前進。前進的氣流太大，我們喘不過氣，只能轉身背著風，但沒想到更大的麻煩接踵而至。

當我試著整理木筏上的東西時，發現我們的物品大多都被海水捲走，儀器只剩計時器和氣壓計，食物也只夠吃一天了。我找遍木筏的每一個角落，什麼都沒有。這讓我洩氣極了！

沒了食物，任何困難都變得微不足道，我們不必擔心逃脫的希望微乎其微，因為在那之前我們就會先餓死了！我不敢把這個壞消息告訴叔叔，我希望他還是保持冷靜。

這時燈光暗去，燈芯燒完了，剩下的最後一支火把也無法點燃，我們只能在黑暗中感受前進的速度。海水如瀑布般向下流瀉，我們幾乎是垂直的下墜。我感覺到叔叔和漢斯的手用力的拉住了我。

過了很久，木筏突然停止下墜，一道巨大的水柱落了下來，不僅狠狠的淋濕我們，還幾乎讓人窒息，幸好幾秒鐘後水流就停止了。等到一切都平靜時，我們仍在木筏上，大口的喘著氣。

叔叔的聲音傳來：「**我們在上升！**」

「您的意思是？」我喊道。

「沒錯，就是上升！上升！」

我張開雙臂，卻被兩側的岩石劃出傷口，我們正以很快的速度上升著。

「火把！火把！」叔叔喊著。

漢斯好不容易點燃了火把，我們才看清了周圍景象：這裡是一個狹窄的井道，水從底部滿溢上來，正推著我們上升。

「我們會上升到哪裡？」我問。

「不知道，不過我們要做好準備應付任何情況，現在我們上升的速度大約是每分鐘八百英尺，這樣下去我們很快就會到達地面的。」

「這是在沒有阻礙的情況下！如果壓力過大，我們就會被空氣壓死！」

「阿克塞，如果說我們隨時有死的可能，那麼我們也隨時有逃命的機會。我們要利用一切機會逃生，所以現在應該趕緊吃東西，恢復體力，做好準備。」叔叔平靜的回答我。

「但是，我們的食物已經……」我沒說完。漢斯也搖了搖頭。叔叔這才發現我們只剩下一點餅乾和一塊肉乾，於是他沉默了。

時間流逝，飢餓越來越難以忍受，但是沒人捨得碰那一丁點兒食物。我們仍迅速上升著，但速度並沒有讓我們享受到涼風，相反的，溫度持續在升高。

這是不是意味著地心存在熱量的理論還是正確的？

我對叔叔說：「我們現在除了被壓死、餓死，還有可能被熱死。」

叔叔聳了聳肩，沉思片刻後說道：「我決定了，我們要吃掉剩下的食物。」

「可是，吃完之後，我們就什麼都沒有了。」

「對，但是如果現在不吃，我們就沒有體力，萬一有逃生的機會呢？」

「難道您覺得我們還能生還嗎？」

「當然，不到最後一刻永不放棄希望！」叔叔有著超越常人的意志力。他把食物分作三份後，我們就開始吃起「最後的晚餐」。

接著，漢斯又找到半瓶杜松子酒。「真好喝。」他和叔叔都這麼說。

吃飽喝足後，我們恢復了體力，也燃起了一絲希望。叔叔用火把繼續觀察著四周，我對他在這種環境下還能保持冷靜佩服不已。

「火成花崗岩，我們還在原始時期，但我們正在上升。」他說。

過一會兒，他又說：「片麻岩出現了！還有雲母片岩！我們上升到過渡時

期了！」

可是氣壓計也在一陣混亂中掉進水裡了，叔叔能算出我們頭頂的地殼厚度嗎？我很懷疑。然而溫度確實高了，這幾乎是煉鐵爐裡的溫度了。即使我們已經把衣服都脫了，還是覺得熱的非常難受。

「我們會不會正通往一個熔爐？」我問。

「不！這絕對不可能！」叔叔回答。

「可是這岩壁燙的跟開水一樣！」我說。

叔叔什麼也沒說，只用了一個動作表達他的憤怒。

我有預感，有巨大的災難將要降臨，因此無比恐懼。此時，有一個想法在我的腦中逐漸清晰了起來。在火把的映照下，我看到花崗岩在震動，這證實了我的想法，有什麼事即將發生，而這件事是電、高溫和沸水引起的。再看看羅盤：**哦！它正在不停的晃動！**

羅盤裡的指針不停的打轉著，從一個方向急轉到另一個方向，幾乎把羅盤上的每一點都指遍了，彷彿它得了眼花撩亂的病症。我知道，地球內部的變化、潮汐等因素會影響地球的磁場，單單這樣的現像是不足以讓我手足無措的，然而我還聽到越來越大的爆炸聲。受到雷電現象影響而失控的羅盤，再一次證實了我的想法，岩石的縫隙一定會合攏，我們所處的通道一定會被炸得粉碎，我們也會完蛋的！

「叔叔！叔叔！我們完了！」我叫喊著。

「你怎麼了？出什麼事了？」叔叔表現得非常鎮定。

「您沒有看到嗎？岩壁在晃動，羅盤指針全亂了，還有高溫、水蒸氣，這一切都說明馬上要地震了！」

可是叔叔卻搖頭，說：「不，你弄錯了。」

「什麼？難道您看不出來嗎？」

「不是地震，我想，這比地震要好一點。」

「什麼？」

「是火山要噴發了。」

「什麼！」

「是的，我想這對我們來說是件好事情。」叔叔居然微笑著說道。

「您在說什麼？我們會被滾燙的岩漿、石塊追趕，我們會被噴射到半空中！這是好事？」我簡直要被他氣瘋了。

「是的，這就是我們活著出去的機會。」叔叔說。

瞬間，無數個念頭在我腦中晃過。叔叔說得對，這是機會！我為什麼就不能像他這樣鎮定的計算、勘察，得出這個驚人的結論呢？沒錯，我們會被火山噴發的推力推著上升，直達火山口。只是我們不會到達斯奈菲爾火山口，我努力思考著我們會出現在哪裡。

唯一可以確定的是，我們應該會到北方，因為羅盤還沒故障之前一直指著北方。

隔天清晨，上升速度加快，積聚在地下的水蒸氣形成一股巨大的推力，無法阻擋。火山通道漸漸變得寬闊，突然，我看到了火光。

「快看，叔叔！我們會被火焰包圍的！」

「不會。通道現在很寬闊，如果有危險，我們可以躲到岩石的裂縫裡。」

火山噴發物就在我們底下，氣溫高的讓人難以忍受，要不是快速的上升帶來一點流動的空氣，我們肯定會窒息的。

第十四章　重回地面

早上八點，我們的木筏上升情況忽然停住了。

「難道火山爆發停止了？」我問道。

「不用擔心，過一會兒我們又會上升的。」叔叔看著計時器說。

他的預測是正確的，幾分鐘後我們又開始上升了，不過走了一會兒又停住了。

「十分鐘後它會繼續動作的。我們正在一座間歇火山裡。」叔叔又說對了。間歇性的停止不知發生了多少次，但整體來說，我們的確是在往上升。

我感到悶熱難耐，只好想像當我被拋出火山口，到達北極的冰天雪地時，該有多麼舒暢。但這種想像沒持續多久，我就被強烈的震動和窒息感弄暈了。之後幾個小時，我只模模糊糊的聽見爆炸聲，感覺木筏上下起伏，在團團火焰包圍下，隱約看到漢斯在火光中的臉。

世上沒有比那更恐怖的景象了！

當我醒來時，發現自己躺在一座山坡上，離火山口很近。

我們還沒死！

我跟叔叔差點就從峭壁上滾落，是漢斯救了我們。

「我們這是在哪兒？」叔叔因為地心旅行沒按計畫完成，聽起來十分惱怒。

「在冰島。」我說。

「不是。」漢斯回答。

我以為漢斯搞錯了，我以為我們出現在北方的冰天雪地裡。但眼前炙熱的陽光，以及四周的一切都告訴我，是我搞錯了。等我們的眼睛都適應了光亮後，叔叔說：「這確實不像是冰島。」

環顧四周，在我們的頭頂上方五百英尺處是火山口，它還在不停的噴發。在山坡上，噴發物正不停的往下流淌，而山腳則可以看到茂密的樹叢，彷彿是無花果樹和葡萄藤。往更遠的地方望去，波光粼粼的海面上有許多白帆。

這裡肯定不是北極！

「**這到底是哪裡？**」我完全被搞糊塗了。

「不管怎樣，火山還在噴發，我們也都餓到不行了，先下山吧！」

我們順著陡峭斜坡往下走，這問題在我的腦中不停翻騰，最後我忍不住脫口而出：「這是亞洲！在印度，或者馬來西亞，我們到了歐洲彼岸！」

「羅盤指向哪裡？」叔叔問。

「照指針看來，我們還是在往北走。」我說。

「它在騙我們，難道這裡會是北極嗎？」叔叔說。

我不知道如何解釋，不過眼前的景象轉移了我們的注意力。我們走進了一個村子，果樹林立，還有泉水流淌。算了，先盡情享受飽滿甜美的果實，還有令人心曠神怡的甘泉再說吧！

一會兒，不遠處出現了一個孩子。他衣衫襤褸，表情看起來很害怕，顯然是被我們這些灰頭土臉、幾乎半裸的人嚇到了。他想逃跑，但被漢斯抓住了。

叔叔試著用德語跟他說話，他聽不懂，又用英語，但他還是不懂。叔叔換成義大利語問道：「這是哪裡？」

孩子還是不說話。叔叔生氣了，拉著他左搖右晃：「這到底是哪裡？」

「斯特龍伯利。」孩子說完，就掙脫漢斯，跑掉了。

斯特龍伯利！終於搞清楚了！**這是位於地中海的義大利小島。**真是奇妙！我們從冰天雪地進入地底，又從一萬六千多英里外、陽光燦爛的地方鑽了出來，我們高興的手舞足蹈起來。

飽餐一頓後，我們前往當地的港口。為了保險起見，一路上我們都向當地人解釋，說我們是沉船的難民，以免他們把我們當作來自地底的妖怪。

一個小時後，我們來到港口。叔叔把最後一週的酬勞付給漢斯，然後熱情的跟他握手，雖然漢斯沒有這麼激動，但我還是注意到他微笑了一下。

故事接近尾聲了。

斯特龍伯利的居民們熱情的招待了我們，就像他們經常對船隻失事的難民那樣，給我們送來食物和衣服。等了四十八個小時，我們終於在八月三十一日，坐船來到義大利的墨西拿。接著又從墨西拿，輾轉到了法國馬賽。九月九日，我們回到了漢堡。家裡人的驚喜是不用多說的了。

瑪爾塔把我們到地心歷險的事透露了出去，於是這個消息很快就人盡皆知了，對於我們的種種經歷，許多人都不相信，我也習慣了。直到漢斯出現，人們才慢慢開始相信確有此事。

如今叔叔成了偉大的人物，而我是偉大人物的侄子，這當然很不錯。約翰大學為此辦了一場報告會，叔叔介紹了我們的旅程，而且把薩克努塞寫著密碼的羊皮紙，捐給了漢堡檔案館。

他表示儘管自己意志堅定，但客觀因素使他無法像薩克努塞一樣抵達地心，讓他很遺憾。叔叔的謙虛為他贏得更多的掌聲。當然，他還十分認真的與那些贊同地心熱量理論的學者們展開辯論。

有一件遺憾的事，就是漢斯沒有接受我們的邀請出席報告會，而是回冰島去了，他想念他的家鄉。他曾救過我們的命，我不知道還有沒有機會報答他，總之我會一輩子記住他的。

最後，我們把這些故事寫成了一本《地心遊記》，這本書被翻譯成很多版本，引起人們廣泛的討論。

然而叔叔卻還在為一件事情煩心——那個羅盤。對學者來說，沒什麼是比解釋不了一個奇怪的現象更痛苦的事了。

不過上天還是很眷顧他。

有一天，我在幫他整理東西時，無意中看到了那個羅盤，它被遺忘在角落半年了，這讓我十分驚訝。

「叔叔，」我叫了起來：「**羅盤把北方指成了南方！**」

「你說什麼？」

「您看，它的南、北極顛倒了！」

「這麼說，到薩克努塞海角後，它把北方指成了南方？」

「就是這樣。」

「這樣就可以解釋我們的錯誤了。但為什麼會顛倒呢？」

「我想，一定是遇到海上風暴時，那顆帶電的火球，把羅盤磁化了。」

「啊！原來是那顆火球的電搞的鬼！」叔叔大笑道。

煩惱已久的謎團終於解開了。

從那天起，叔叔總算成為了快樂的學者，我則是他快樂的侄子。至於格勞班呢？她已不再是叔叔的教女，而是他的侄媳了！

旅遊頻道 YouTuber

在尋找青鳥的旅途中，走訪回憶國、夜宮、幸福花園、未來世界……

在動盪的歷史進程中，面對威權體制下看似理所當然實則不然的規定，且看帥克如何以天真愚蠢卻泰然自若的方式應對，展現小人物的大智慧！

地球探險家

動物是怎樣與同類相處呢？鹿群有什麼特別的習性嗎？牠們又是如何看待人類呢？應該躲得遠遠的，還是被飼養呢？如果你是斑比，你會相信人類嗎？

遠在俄羅斯的森林裡，動物和植物如何適應不同的季節，發展出各種生活形態呢？快來一探究竟！

咦！人類可以騎著鵝飛上天？男孩尼爾斯被精靈縮小後，騎著家裡的白鵝踏上旅程，四處飛行，將瑞典的湖光山色盡收眼底。

歷史博物館館員

影響孩子一生的世界名著

探索未知的自己

未來，你想成為什麼樣的人呢？探險家？動物保育員？還是旅遊頻道YouTuber……
或許，你能從持續閱讀的過程中找到答案。
You are what you read!
現在，找到你喜歡的書，探索自己未來的無限可能！

你喜歡被追逐的感覺嗎？如果是要逃命，那肯定很不好受！透過不同的觀點，了解動物們的處境與感受，被迫加入人類的遊戲，可不是有趣的事情呢！

哈克終於逃離了大人的控制，也不用繼續那些一板一眼的課程，他以為從此可以逍遙自在，沒想到外面的世界，竟然有更大的難關在等著他……

到底，要如何找到地心的入口呢？進入地底之後又是什麼樣的景色呢？就讓科幻小說先驅帶你展開冒險！

動物保育員

森林學校老師

打開中國古代史，你認識幾個偉大的人物呢？他們才華橫溢、有所為有所不為、解民倒懸，在千年的歷史長河中不曾被遺忘。

瑪麗跟一般貴族家庭的孩子不同，並沒有跟著家教老師學習。她來到在荒廢多年的花園，「發現」了一個祕密，讓她學會照顧自己也開始懂得照顧他人。

以人為鏡，習得人生

正直、善良、堅強、不畏挫折、勇於冒險、聰明機智……
有哪些特質是你的孩子希望擁有的呢？
又有哪些典範是值得學習的呢？

【影響孩子一生的人物名著】
除了發人深省之外，還能讓孩子看見不同的生活面貌，一邊閱讀一邊體會吧！

★ 安妮日記

在納粹占領荷蘭困境中，表現出樂觀及幽默感，對生命懷抱不滅希望的十三歲少女。

★ 清秀佳人

不怕出身低，自力自強得到被領養機會，捍衛自己幸福，熱愛生命的孤兒紅髮少女。

★ 海倫凱勒自傳

自幼又盲又聾又啞，不向命運低頭，創造語言奇蹟，並為身障者奉獻一生的世紀偉人。

★ 福爾摩斯探案故事

細膩觀察，邏輯剖析，揭開一個個撲朔迷離的凶案真相，充滿智慧的一代名偵探。

★ 湯姆歷險記

足智多謀，正義勇敢，富於同情心與領導力等諸多才能，又不失浪漫的頑童少年。

★ 海蒂

像精靈般活潑可愛，如天使般純潔善良，溫暖感動每顆頑固之心的阿爾卑斯山小女孩。

★ 環遊世界八十天

言出必行，不畏冒險，以冷靜從容的態度，解決各種突發意外的神祕英國紳士。

★ 魯賓遜漂流記

在荒島與世隔絕28年，憑著強韌的意志與不懈的努力，征服自然與人性的硬漢英雄。

★ 岳飛傳

忠厚坦誠，一身正氣，拋頭顱灑熱血，一家三代盡忠報國，流傳青史的千古民族英雄。

★ 三國演義

東漢末年群雄爭霸時代，曹操、劉備、孫權交手過招，智謀驚人的諸葛亮，義氣深重的關羽，才高量窄的周瑜……

想像力，帶孩子飛天遁地

灑上小精靈的金粉飛向天空，從兔子洞掉進燦爛的地底世界……

奇幻世界遼闊無比，想像力延展沒有極限，只等著孩子來發掘！

透過想像力的滋潤與澆灌，讓創造力成長茁壯！

【影響孩子一生的奇幻名著】

精選了重量級文學大師的奇幻代表作，

每本都值得一讀再讀！

★杜利特醫生歷險記

看能與動物說話的杜利特醫生，在聰慧的鸚鵡、穩重的猴子等動物的幫助下，如何度過重重難關。

★大人國和小人國

想知道格列佛漂流到奇幻國度，幫小人國攻打敵國，在大人國備受王后寵愛，以及哪些不尋常的遭遇嗎？

★小王子

小王子離開家鄉，到各個奇特的星球展開星際冒險，認識各式各樣的人，和他一起出發吧！

★快樂王子

愛人無私的快樂王子，結識熱情的小燕子，取下他雕像上的寶石與金箔，將愛一點一滴澆灌整座城市。

★愛麗絲夢遊奇境

瘋狂的帽匠和三月兔，暴躁的紅心王后！跟著愛麗絲一起踏上充滿奇人異事的奇妙旅程！

★彼得・潘

彼得・潘帶你一塊兒飛到「夢幻島」，一座存在夢境中住著小精靈、人魚、海盜的綺麗島嶼。

★柳林風聲

一起進入柳林，看愛炫耀的蛤蟆、聰明的鼴鼠、熱情的河鼠、和富正義感的獾，猶如人類情誼的動物故事。

★叢林奇譚

隨著狼群養大的男孩，與蟒蛇、黑豹、黑熊交朋友，和動物們一起在原始叢林中一起冒險。

★一千零一夜

坐上飛翔的烏木馬，讓威力巨大的神燈，帶你翱遊天空、陸地、海洋神幻莫測的異族國度。

★西遊記

蜘蛛精、牛魔王等神通廣大的妖怪，會讓唐僧師徒遭遇怎樣的麻煩，現在就出發前往這趟取經之路。

影響孩子一生名著系列 04

地心遊記

鍛鍊堅忍的意志

ISBN 978-986-95844-0-1 / 書 號：CCK004

作　　者：儒勒・凡爾納 Jules Gabriel Verne
主　　編：陳玉娥
責　　編：徐嫲婷、顏嘉成
插　　畫：鄭婉婷
美術設計：鄭婉婷、蔡雅捷
審閱老師：施錦雲

出版發行：目川文化數位股份有限公司
總 經 理：陳世芳
發　　行：周道菁
行銷企劃：朱維瑛、許庭瑋、陳睿哲
法律顧問：元大法律事務所 黃俊雄律師
台北地址：臺北市大同區太原路 11-1 號 3 樓
桃園地址：桃園市中壢區文發路 365 號 13 樓
電　　話：(02) 2555-1367
傳　　真：(02) 2555-1461
電子信箱：service@kidsworld123.com
劃撥帳號：50066538

國家圖書館出版品預行編目 (CIP) 資料

地心遊記 / 儒勒．凡爾納作． -- 初版． --
臺北市 ： 目川文化， 民 106.12
面 ； 公分． --（影響孩子一生的世界名著）
注音版
ISBN 978-986-95844-0-1（平裝）

876.59　　106025096

網路書店：*www.kidsbook.kidsworld123.com*
網路商店：*www.kidsworld123.com*
粉 絲 站：FB「悅讀森林的故事花園」

印刷製版：長榮彩色印刷有限公司
總 經 銷：聯合發行股份有限公司
地址：新北市新店區寶橋路 235 巷 6 弄 6 號 4 樓
電話：(02)2917-8022
出版日期：2018 年 4 月（初版）
定　　價：280 元

建議閱讀方式

型式	圖圖圖	圖圖文	圖文文		文文文
圖文比例	無字書	圖畫書	圖文等量	以文為主、少量圖畫為輔	純文字
學習重點	培養興趣	態度與習慣養成	建立閱讀能力	從閱讀中學習新知	從閱讀中學習新知
閱讀方式	親子共讀	親子共讀 引導閱讀	親子共讀 引導閱讀 學習自己讀	學習自己讀 獨立閱讀	獨立閱讀